SAVERIO IOSCA

L'ULTIMA LUCE NELLA CHIESA DIRUTA

IL MISTERO DELLA DONNA VESTITA DI NERO

BOOKABOOK FANTASY

L'ULTIMA LUCE NELLA CHIESA DIRUTA
SAVERIO IOSCA

Illustrazione di copertina: Antonella Grieco

bookabook - www.bookabook.it

ISBN: 979-12-5599-193-9

L'ULTIMA LUCE NELLA CHIESA DIRUTA

BOOKABOOK

Cara lettrice, caro lettore,

il libro che hai tra le mani non è solo un'ottima lettura.

È un libro che è stato scelto con cura, due volte.

La prima dai nostri editor, che danno un giudizio professionale sulla qualità dell'opera; la seconda dai lettori, su bookabook, che hanno sostenuto il libro pre-ordinandolo dopo aver letto l'anteprima e diventandone, in questo modo, gli editori morali.

Bookabook è un nuovo modo di vedere l'editoria e, soprattutto, il rapporto tra scrittore e lettore.

I lettori non sono più solo consumatori di un prodotto, ma si rendono parte attiva del processo editoriale.

Una volta scelto dai lettori, il libro riceve tutta la cura di cui ha bisogno: editing, revisione, progetto grafico. In seguito viene pubblicato, in cartaceo e digitale, e distribuito online e nel circuito delle librerie.

È una rivoluzione, anche se in realtà non abbiamo inventato nulla! Già nel 1850 il sociologo positivista Auguste Comte realizzava i suoi scritti attraverso il sostegno dei futuri lettori.

Le potenzialità della rete, la sua capacità di creare comunità mettendo in contatto tra loro persone vicine e lontane, hanno fatto il resto.

Far parte di questa rivoluzione è semplice: puoi iniziare leggendo questo libro e, se ti piace, consigliarlo a un amico. Oppure puoi andare su bookabook, scegliere il tuo prossimo libro preferito e pre-ordinarlo con uno sconto usando il coupon "booked".

Buona lettura!
I fondatori,
Emanuela e Tomaso

A Grottole, borgo di misteri e leggende.
A tutti coloro che credono nel potere delle storie,
che trascende il tempo e unisce le generazioni.
A chiunque abbia mai osato sognare,
sfidando l'oscurità in cerca di quella fiamma
eterna della speranza.

Ad Antonella,
questo libro non esisterebbe senza di te.

PROLOGO

La notizia dell'avanzata degli Ottomani era giunta a Vlad, il leggendario signore della Transilvania. Era il 1460, un'epoca in cui l'Europa era minacciata dalla potenza militare dell'impero ottomano. Vlad si trovava di fronte a una scelta difficile: combattere per difendere il suo regno o ritirarsi e mettere in salvo la sua preziosa figlia, Elisabeth.

Aveva ereditato il coraggio e la determinazione dei suoi antenati e sapeva che non poteva permettere agli Ottomani di invadere le sue terre impunemente. La fiamma dell'amore per la sua patria ardeva nel suo petto.

Deciso a difendere il regno e a mettere al sicuro sua figlia, Vlad si rivolse ai suoi più fidati consiglieri e comandanti, radunando le truppe di guerrieri.

Era noto come Vlad l'Impalatore, anche come Vlad III o Vlad Drăculea. Nato in Transilvania nel 1431, Vlad divenne principe di Valacchia. La sua era una reputazione spaventosa, principalmente legata al crudele metodo di esecuzione che utilizzava nei confronti degli avversari: l'impalamento. I nemici venivano trafitti con lunghe lance e lasciati morire tra atroci sofferenze.

Il terribile, astuto e coraggioso comandante organizzò un audace piano d'attacco contro gli Ottomani, sfruttando la sua vasta conoscenza, sia del territorio che delle migliori strategie di guerra. Nonostante la battaglia fosse imminente, la sua principale preoccupazione era la sicurezza della figlia. Sapeva che la fanciulla non sarebbe stata al sicuro nel regno, quindi decise di farla imbarcare per Napoli, dove avrebbe trovato rifugio presso la corte di re Alfonso V d'Aragona. Era determinato a fare tutto il possibile per proteggere sua figlia.

La notte prima della partenza di Elisabeth, Vlad la condusse attraverso i corridoi oscuri del loro castello. Si fermarono davanti a un'antica porta di legno massiccio. Vlad tirò fuori una chiave dalla tasca e aprì la porta rivelando una stanza segreta. La stanza era piena di preziosi tesori e oggetti magici, accumulati nel corso degli anni. Al centro c'era un baule di legno scuro. Vlad si avvicinò e lo aprì: adagiato sul cuscino di velluto rosso c'era un medaglione antico.

«Elisabeth, mia cara figlia,» disse Vlad con voce commossa «questo medaglione ti proteggerà durante il viaggio verso Napoli. Viene tramandato nella nostra famiglia da generazioni ed è stato incantato per respingere il male. Ti prego di portarlo sempre con te, e ricorda che sei forte e coraggiosa, come il sangue che ti scorre nelle vene.»

Elisabeth prese il medaglione tra le mani, sentendo la sua energia calda e rassicurante. Guardò suo padre con gratitudine e gli promise che avrebbe mantenuto al sicuro il prezioso monile.

La mattina successiva, Vlad accompagnò Elisabeth al porto più vicino. Un'imbarcazione robusta era pronta per il viaggio, e l'equipaggio conosceva l'importanza del carico. Il padre abbracciò sua figlia, stringendola forte a sé, e cercò di imprimere nella sua mente ogni dettaglio del suo volto.

«Va', Elisabeth» le sussurrò. «Va' verso la tua sicurezza e porta con te la nostra speranza. Promettimi che vivrai con coraggio e che proteggerai il nostro retaggio. Ricordati che il sangue è vita.»

Elisabeth annuì con gli occhi pieni di amore. Salutò il padre con un ultimo sguardo e salì a bordo del veliero.

Mentre il bastimento prendeva il largo, Vlad rimase sulla riva a osservare sua figlia allontanarsi, consapevole di aver fatto tutto ciò che poteva per proteggerla.

Tuttavia, l'amore profondo di Vlad per la sua terra e la ferocia che ardeva nel suo petto lo condussero verso il campo di battaglia. Mentre le truppe si radunavano, l'aria si riempiva dell'odore pungente del ferro e della paura. I guerrieri iniziavano a prepararsi per l'inevitabile scontro. Le armature risplendevano al sole, create con maestria artigianale. I cavalli, imponenti e impazienti, scalpitavano, pronti per il fragore della battaglia imminente.

Le armi scintillavano, desiderose di strappare la vita ai nemici. Le spade, forgiate con abilità, portavano incisioni che raccontavano storie di gloria passata. Le lance, affilate e mortali, si stagliavano contro il cielo come sentinelle dell'oscurità. Archi tesi scoccavano frecce affilate come piume di morte, che fendevano l'aria con un sibilo minaccioso.

La tattica era fondamentale per Vlad e i suoi uomini. Conoscevano il territorio e sapevano sfruttarlo a loro vantaggio. Si muovevano come una macchina ben oliata, avvolgendo il nemico in una morsa di fuoco e acciaio. Le linee di battaglia si formavano, pronte a fronteggiare l'avanzata degli Ottomani.

I due eserciti si affrontarono, il suono del ferro che si scontrava riempì l'aria. Le scintille della battaglia illuminavano il campo di guerra. Gli Ottomani, abili guerrieri, avanzarono con determinazione, rispondendo con una pioggia di frecce e lo scroscio delle spade. Vlad non si fece intimorire: la sua ferocia e la sua strategia si manifestarono in ogni mossa. Lottava con una forza incrollabile, deciso a difendere il suo regno fino all'ultimo respiro.

L'impalamento, la famigerata tecnica di Vlad, terrorizzava gli avversari. Le lunghe lance, maneggiate con abilità mortale, trafiggevano i corpi dei nemici, inchiodandoli al suolo con ferocia. Era uno spettacolo spaventoso.

Le tattiche di guerra si intrecciarono in una danza mortale. Vlad e i suoi uomini sfruttavano l'elemento sorpresa, attaccando con velocità e precisione. Si muovevano come ombre, apparivano all'improvviso e scomparivano altrettanto rapidamente. Le trappole e gli imboscamenti erano parte integrante della loro strategia, e permettevano loro di infliggere pesanti perdite agli Ottomani.

Le urla di battaglia risuonavano nell'aria, mescolandosi con il rumore delle lame che si scontravano. Il suolo si tingeva di rosso mentre il sangue dei caduti si mescolava alla terra. La vita e la morte si contendevano ogni palmo di terreno.

La battaglia continuò senza sosta. Vlad si dimostrò un comandante impavido, combattendo al fianco dei suoi uomini, spronandoli ad andare avanti nonostante la fatica e il pericolo. La sua presenza era un faro di speranza, un'ispirazione per coloro che combattevano a costo della propria vita.

Nonostante la feroce resistenza di Vlad e dei suoi uomini e le pesanti perdite subite dagli Ottomani, la superiorità numerica di questi ultimi alla fine prevalse, stringendo come una morsa il campo di battaglia.

Vlad, visibilmente provato dalla guerra, manteneva lo sguardo fisso sul nemico che si avvicinava sempre di più. La fatica e la stanchezza si leggevano sul suo volto, solcato dalle rughe di una vita dedicata alla difesa del regno. Era un momento di profonda amarezza per lui, un guerriero che non aveva mai ceduto prima di allora.

Con passo pesante, Vlad iniziò a retrocedere, guidando i suoi uomini attraverso la tempesta di guerra. Le sue spalle, una volta erette con fierezza, si curvarono leggermente sotto il peso della sconfitta. Mentre lasciava il campo di battaglia, l'eco delle grida dei soldati feriti e morenti risuonava nelle sue orecchie, tormentandolo con un senso di profonda tristezza e rimorso.

Le sue mani erano insanguinate, imbrattate del rosso dei nemici abbattuti. Il suo sguardo, solitamente fermo e determinato, ora mostrava una sfumatura di tristezza mista a una determinazione rinnovata. La mente di Vlad era una tempesta di emozioni contrastanti: la rabbia per la sconfitta, la preoccupazione per il destino del suo regno e la sollecitudine per la sicurezza di sua figlia.

Mentre Vlad faceva ritorno al castello, il peso della sconfitta lo avvolgeva come un'ombra incombente. Ogni passo che faceva era carico di malinconia silenziosa, mentre le immagini della battaglia si accavallavano nella mente. I volti dei suoi uomini, giovani e coraggiosi, oramai persi per sempre lo tormentavano.

Il pensiero della sua preziosa figlia, Elisabeth, brillava come un faro di speranza nella notte oscura della sconfitta.

Mentre il sole tramontava sul campo di battaglia, Vlad rinnovava la determinazione: la guerra era crudele, ma il suo impegno a proteggere il regno e a garantire un futuro migliore per sua figlia rimaneva inalterato.

Vlad si immerse nella solitudine del suo castello, conscio dei sacrifici compiuti e delle vite perdute. L'ombra della sconfitta si proiettava sulla sua figura, ma nel suo cuore ardeva ancora un fuoco inestinguibile di resilienza e speranza. Si preparava per la successiva sfida, deciso a trascinare il suo popolo fuori dall'oscurità e a riscriverne la storia con la vittoria finale.

***

Elisabeth, avvolta nel suo mantello di velluto scuro, si affacciò sul ponte del veliero che la conduceva verso il regno di Napoli. Il vento le accarezzava i capelli e i raggi del sole sfioravano delicatamente il suo viso. Mentre la nave solcava le acque, il mare si apriva davanti a lei come un vasto specchio di cristallo, risplendente di un azzurro intenso e profondo.

La giovane principessa era immersa in un turbine di emozioni contrastanti. Il cuore era pervaso dalla preoccupazione per suo padre, che affrontava una guerra sanguinosa per difendere il suo regno. I volti dei soldati, i suoni delle spade che si scontravano e l'odore del sangue che impregnava l'aria occupavano i suoi pensieri. Nel mezzo di quel tumulto, Elisabeth cercava di trovare una dimensione di tranquillità interiore.

Guardando oltre l'orizzonte, i suoi occhi si perdevano nella vastità del mare. Ogni onda che si infrangeva sulla prua del veliero sembrava portare con sé un messaggio di speranza e di nuovo inizio. Elisabeth trovava conforto nella bellezza e nell'immensità del mare, come se le acque potessero lavare via preoccupazioni e paure.

Il vento salmastro recava un'infinità di fragranze: il profumo dell'aria marina, quello della libertà e della scoperta. Elisabeth, con gli occhi chiusi, si lasciava trasportare dal canto delle onde, una melodia antica e maestosa che le sussurrava di viaggi, avventure e nuove opportunità.

Il sole tramontava, tingendo il cielo di sfumature dorate e rosse, mentre l'imbarcazione navigava silenziosamente verso la costa di Napoli. La fanciulla osservava incantata quello spettacolo celestiale, come se le fiamme nel cielo fossero un presagio di cambiamenti imminenti nella sua vita. Era un momento di transizione, il passato si fondeva con il futuro e le porte dell'ignoto si aprivano davanti a lei.

Giunta a Napoli, Elisabeth poté ammirare la maestosità del porto. Le barche si libravano sull'acqua con vele dai colori vivaci, gonfiate dal vento. Alcune erano piccole imbarcazioni da pesca, altre imponenti galee, pronte a solcare i mari in grandi spedizioni.

Le banchine erano affollate di persone che si muovevano freneticamente, mentre i marinai scaricavano merci dai carichi dei galeoni e i mercanti negoziavano vivacemente con i clienti. I suoni del mercato creavano un'atmosfera vibrante e pittoresca. Le voci dei venditori invitavano i passanti a scoprire le loro mercanzie, dai pregiati tessuti esotici alle spezie aromatiche provenienti da terre lontane.

Elisabeth si trovò immersa in una miriade di colori e profumi. Le bancarelle erano piene di frutti succosi, rose profumate, ceramiche finemente decorate e oggetti preziosi. L'aria era pervasa dai profumi di arance mature, limoni ed erbe aromatiche provenienti dai rigogliosi giardini delle dimore vicine.

Il porto era anche una vetrina di diversità culturale. Elisabeth poteva udire il susseguirsi di lingue straniere, l'accento musicale dei marinai e l'entusiasmo dei visitatori, che provenivano da ogni parte del mondo, con le loro ricchezze e le loro storie da raccontare.

Il mare stesso era uno spettacolo straordinario. L'acqua cristallina si estendeva fino all'orizzonte, invitando a esplorare l'ignoto. Le onde si infrangevano con grazia sulla riva, regalando un suono rassicurante e un senso di pace interiore.

Si percepiva l'energia di quel fervente porto e il suo ruolo di crocevia tra terre lontane. Era un luogo di scambio, di commercio e di incontri tra culture diverse, rappresentava la vitalità e l'apertura di Napoli al mondo.

Nonostante ciò, la felicità di Elisabeth era attenuata dalla consapevolezza del pericolo che incombeva sul regno del padre e sulle vite dei suoi sudditi. In segreto, Vlad aveva pianificato di trasferire Elisabeth in un luogo più tranquillo, lontano dagli sconvolgimenti della guerra. Per questo aveva stretto con il re di Napoli un accordo che prevedeva, in cambio della protezione della principessa, l'elargizione di una ingente somma di denaro. Era una decisione necessaria per la sua sicurezza, ma il cuore di Elisabeth si stringeva al pensiero di lasciare suo padre e il suo regno in un momento così critico.

Il capitano della nave, dopo aver lasciato precise direttive per lo sbarco delle merci ai suoi uomini, raggiunse Elisabeth sulla banchina e la scortò fino a una carrozza recante lo stemma del re di Napoli. La principessa fu accolta da un gruppo di magnifici cavalieri con armature lucenti che risplendevano al sole I loro maestosi destrieri erano addestrati alla perfezione, e il suono degli zoccoli sul selciato risuonava nell'aria come una sinfonia di potenza e grazia.

La carrozza, trainata dai cavalli vigorosi, si aprì un varco tra la folla curiosa che si era radunata per assistere al suo arrivo. Con lo sguardo fuori dal finestrino, Elisabeth vide le vie di Napoli avvolte da un'atmosfera vivace, animate da una moltitudine di persone, ognuna immersa nelle proprie attività quotidiane.

I profumi del pane appena sfornato, dei dolci e delle prelibatezze gastronomiche stimolavano l'appetito della fanciulla. I panettieri sfornavano focacce e pani dalle forme e dai colori invitanti, mentre i venditori di frutta e verdura esibivano le loro merci fresche e colorate, provenienti dai campi vicini.

Le osterie e le taverne erano affollate di gente che gustava bevande fumanti e bicchieri di vino. Elisabeth riusciva a udire il vociare allegro delle persone che chiacchieravano, scambiandosi notizie e racconti di vita.

Le strade erano fiancheggiate da edifici maestosi con le facciate affrescate e i balconi adornati di fiori. Elisabeth ammirava le dettagliate sculture che decoravano le abitazioni, testimoni dell'arte e dell'architettura medievale che caratterizzavano la città.

Il cielo era azzurro intenso, con qualche nuvola bianca che si librava leggera, come se danzasse tra le case. Il sole, con i suoi caldi raggi, illuminava con luce dorata, facendo risaltare i colori vividi della città.

La carrozza proseguì il tragitto, attraversando piazze animate e strette viuzze. Elisabeth intravide scorci di giardini nascosti, con alberi rigogliosi e fontane che spruzzavano acqua cristallina. I giardini profumavano di fiori colorati, come se fossero un'ode alla bellezza e alla natura stessa.

Il rumore dei passi dei cavalli si mescolava con i suoni della città, creando una sinfonia urbana unica. Elisabeth si lasciò cullare da quella melodia, affascinata dalla vivacità e dalla diversità di Napoli. Così, tra profumi deliziosi, colori accesi e melodie cittadine, la giovane fu accompagnata verso il suo destino nel castello. Ogni istante di quel tragitto era un tuffo nel cuore della città, in un vortice di vita e di emozioni che avrebbe segnato l'inizio di una nuova avventura per la principessa.

Elisabeth varcò l'imponente cancello del castello di Napoli, una struttura che evocava l'antica grandezza e la maestosità dei re che vi avevano risieduto. Le mura imponenti, possenti e levigate dal tempo, circondavano l'intero complesso, testimoni mute delle battaglie combattute per difendere la reggia a cui appartenevano. Le guardie a cavallo, vestite con splendide armature, montavano la guardia con fiero orgoglio, lungo il percorso che conduceva all'ingresso principale.

All'interno delle mura, un cortile spazioso si apriva davanti agli occhi meravigliati della giovane donna. Il profumo delle erbe aromatiche provenienti dal giardino reale si mescolava col suono del vento, che carezzava le fronde degli alberi secolari. Le pietre del cortile erano levigate dal tempo e dai passi dei cortigiani che vi avevano camminato nel corso dei secoli.

Elisabeth avanzò con grazia, sorprendendosi dell'ampiezza dei saloni affrescati e dell'alto soffitto a volta, sostenuto da colonne scolpite con maestria. Le pareti erano adornate da ricchi drappeggi e da quadri dall'inestimabile valore. L'atmosfera intensa del castello era palpabile, come se ogni angolo raccontasse storie di potere e intrighi.

Mentre la fanciulla si avvicinava al trono, un uomo imponente si alzò per accoglierla. Era Alfonso V d'Aragona, re di Napoli, un uomo dai lineamenti fieri e dal portamento maestoso. I suoi occhi penetranti sembravano leggere l'anima di coloro che lo incontravano.

«Benvenuta» disse il re con voce che trasudava autorità e calore. «Sono felice di averti qui. Il mio regno è un rifugio sicuro per te.»

Elisabeth si inchinò e rispose con voce rispettosa. «Vi ringrazio, maestà. Sono grata per la vostra generosità e ospitalità.»

Il re sorrise e le porse la mano, invitandola a sedersi accanto a lui.

«Raccontami del tuo viaggio e della tua avventura. Ho sentito parlare della tua coraggiosa fuga dal pericolo che incombe sul tuo regno. La tua presenza onora la mia corte.»

Elisabeth si sentì subito a proprio agio con il re, intrattenendo una conversazione vivace che si estese per lungo tempo. Discussero di pittura, di musica, dell'arte di governare, mentre Elisabeth restava incantata dalla saggezza e dalla profonda cultura del sovrano. Gli era molto grata per il suo appoggio e per l'opportunità di crescere e imparare sotto la sua protezione.

Mentre la serata volgeva al termine, il re si alzò dal trono e invitò la fanciulla a seguirlo. «Le dame di corte ti mostreranno la tua residenza. È un luogo di tranquillità e sicurezza, dove potrai trovare rifugio dai pensieri della guerra e dedicarti ai tuoi interessi.»

Elisabeth lo seguì attraverso i corridoi del castello, lasciandosi alle spalle le preoccupazioni e guardando avanti, a quel nuovo capitolo della sua vita.

La stanza a lei dedicata era un luogo di tranquillità e raffinatezza. Le pareti erano dipinte con delicate tonalità di rosa, che donavano all'ambiente un'atmosfera accogliente e femminile. Lunghe tende di seta, adornate con ricami dorati, si muovevano leggermente al vento, lasciando filtrare una luce soffusa che abbracciava ogni angolo.

Un grande letto a baldacchino, con lenzuola di lino candido, si ergeva maestoso nel centro della stanza. I cuscini erano morbidi e invitanti, pronti a cullare i sogni della giovane donna. Accanto al letto, un tavolo di legno pregiato ospitava un piccolo calamaio di cristallo e una penna d'oca.

Il suo cuore era grato al sovrano per l'accoglienza ricevuta, per la sicurezza che le offriva, per l'opportunità che le dava di coltivare la passione per l'arte e la cultura, e per la ritrovata speranza per il futuro.

Elisabeth si sedette su una poltrona riccamente imbottita, lasciando che la morbida stoffa abbracciasse il suo corpo. Guardando fuori dalla finestra, il suo sguardo si posò sul panorama mozzafiato della città: le cupole delle chiese si erigevano verso il cielo, mentre il mare scintillante invitava all'avventura e alla scoperta. Napoli era un luogo ricco di storia e di opportunità, ed Elisabeth sentiva un senso di eccitazione e fiducia per l'avvenire.

Si chiese quale sarebbe stato il suo ruolo in quel nuovo regno, quale contributo avrebbe potuto offrire a Napoli e alla corte del re. Avvertiva il peso della responsabilità che aveva ereditato dal suo nobile sangue e si proponeva di onorarlo, seguendo l'eredità dei suoi avi.

Nel cuore della fanciulla brillava la fiamma dell'ambizione. Sapeva che il suo destino era intrecciato a quello di Napoli e decise che si sarebbe dedicata con passione a qualsiasi opportunità che le si fosse presentata. Avrebbe onorato la fiducia del re e avrebbe cercato di imprimere la sua impronta sulla corte e sulla società napoletana.

Mentre il sole calava all'orizzonte, Elisabeth si lasciò trasportare da un senso di serenità e gratitudine. Si sentiva fortunata.

***

Nel buio della notte, re Alfonso V d'Aragona si avvolgeva in pensieri angoscianti riguardo la presenza della figlia di Vlad alla sua corte. L'incertezza si insinuava nella sua mente, come un'inquietante ombra. Temeva che la presenza della giovane erede al trono della Transilvania avrebbe potuto attirare maledizioni o, addirittura, l'ira degli Ottomani sul suo regno.

Le preoccupazioni lo tormentarono durante il sonno e si manifestarono in un sogno profondo e inquietante. Sognò che Elisabeth portava guerra e distruzione nel regno di Napoli. Gli Ottomani, con una ferocia mai vista, attaccarono Napoli. L'esercito del re veniva sopraffatto e gli abitanti della città furono vittime di una spietata carneficina.

L'obiettivo dell'esercito ottomano era evidente: catturare l'erede al trono della Transilvania. La ricerca del potere e il desiderio di sottomissione si trasformarono in una brutale caccia alla principessa. Gli Ottomani non risparmiarono vite, spargendo il terrore e la morte in ogni angolo di Napoli.

Al risveglio, il re si sentì sollevato nel constatare che l'attacco e la distruzione non erano stati altro che un incubo allucinatorio. Il suo cuore batté più lieve, liberato dall'orribile peso di un destino così terribile. Napoli era ancora intatta, il suo castello protetto da mura solide e impenetrabili.

Il sovrano si sedette sul trono, contemplando il regno che ancora risplendeva di magnificenza. Eppure, le immagini dell'incubo persistevano nella sua mente, angosciandolo. Le parole di un antico detto risuonarono nella sua testa: "I sogni sono gli specchi delle paure nascoste".

Il re fece chiamare il saggio di corte.

«Mio signore, desiderate il mio aiuto?»

«Sì, ho avuto un sogno molto inquietante questa notte. Vorrei la tua interpretazione.»

«Certo, mio signore. Sono qui per servirvi. Descrivetemi il sogno e cercherò di offrirvi la mia migliore interpretazione.»

«Ho sognato che Elisabeth portava guerra e distruzione nel nostro regno. Gli Ottomani attaccavano Napoli con una ferocia mai vista, e l'esercito veniva sopraffatto. L'obiettivo sembrava essere la cattura dell'erede al trono della Transilvania. Gli Ottomani non risparmiavano vite, spargendo terrore e morte in ogni angolo di Napoli.»

«Un sogno molto intenso, mio signore. Potrebbe essere interpretato in vari modi. Ma l'elemento centrale sembra essere il timore della perdita del potere e della sicurezza del regno. La figura di Elisabeth potrebbe rappresentare una minaccia esterna o forse una personificazione dei vostri timori più profondi.»

«Mi sono sentito così sollevato quando mi sono svegliato e ho realizzato che era solo un sogno. Ma le immagini persistono nella mia mente, angosciandomi. Cosa potrebbe significare tutto ciò?»

«Potrebbe essere un avvertimento, mio signore. Forse è il momento di rafforzare le difese del regno e di prestare maggiore attenzione alle alleanze e alle minacce esterne. Tuttavia, potrebbe anche essere un richiamo a esaminare più da vicino i vostri timori interiori e le vostre debolezze personali, per affrontarli e superarli.»

«Capisco. Continuerò a riflettere sul sogno e a considerare le sue implicazioni.»

«È un onore servirvi, mio signore. Se avete bisogno di ulteriori consigli o interpretazioni, non esitate a chiamarmi.»

E allora il re capì come avrebbe dovuto agire per proteggere se stesso e il suo popolo.

***

All'improvviso, la porta fu spalancata con violenza e irruppe nella stanza un gruppo di soldati armati. Elisabeth si alzò di scatto, sorpresa e spaventata. I soldati, con sguardo impassibile, la circondarono e la afferrarono con forza. La giovane cercò di resistere, ma la loro presa era troppo salda. Tra le urla e la confusione, Elisabeth fu trascinata fuori dalla stanza e condotta lungo i corridoi del castello. I soldati la spinsero con rudezza, senza curarsi delle sue suppliche.

La giovane era terrorizzata, non capiva cosa stesse accadendo e perché fosse stata catturata. Giunta nel cortile del castello, Elisabeth fu scortata verso una grande carrozza nera trainata da quattro cavalli. La porta della carrozza si aprì e i soldati la costrinsero a salire all'interno. Elisabeth si ritrovò seduta su un sedile di velluto, circondata da un'oscurità profonda. La porta fu chiusa con un tonfo sordo e la carrozza si avviò, allontanandosi dal castello e conducendo Elisabeth verso una destinazione sconosciuta. Mentre la carrozza avanzava, la principessa si strinse al sedile, sopraffatta dalla paura e dall'incertezza. Non sapeva cosa l'attendeva, ma temeva il peggio. Il suo cuore batteva all'impazzata nel petto e le lacrime le rigavano il viso. Si domandava se avrebbe mai rivisto Napoli.

Il mattino seguente, Elisabeth si svegliò e si affacciò al finestrino della carrozza. L'aria era fresca e profumata, un piacevole contrasto con il caldo afoso della città. Man mano che i cavalli procedevano, il paesaggio mutava con lentezza.

Elisabeth osservava affascinata le colline coltivate a vigneti e oliveti, punteggiate da casali in pietra e villaggi rustici. Sullo sfondo, si ergevano maestose montagne, le cime ancora innevate nonostante l'avvicinarsi della primavera. La carrozza attraversava boschi rigogliosi, dove il canto degli uccelli si mescolava al fruscio delle foglie mosse dal vento. Elisabeth scorgeva di tanto in tanto qualche animale selvatico, un cinghiale o una lepre, che si dileguava al passaggio del veicolo.

Lungo la strada, la giovane donna incrociava gruppi di contadini intenti nel loro lavoro, oppure carovane di mercanti che trasportavano merci da una città all'altra. Erano scene di vita quotidiana che offrivano uno spaccato della realtà locale, così diversa da quella a cui era abituata. Via via che ci si avvicinava alla destinazione, il paesaggio diventava più arido e roccioso. Elisabeth notava la presenza di grotte scavate nella roccia, alcune delle quali utilizzate come abitazioni. La vista era suggestiva, ma anche un po' inquietante.

Con il calare del sole, i colori si intensificavano, tingendo il cielo di sfumature di arancione e viola. Elisabeth si sentiva rapita dalla bellezza di quel tramonto, un momento di pace e tranquillità in un viaggio che era stato fino a quel momento ricco di scoperte e di emozioni.

Dopo alcuni giorni, finalmente, l'arrivo a destinazione fu un sollievo. Elisabeth era stanca, ma anche entusiasta di aver raggiunto la sua nuova dimora. Il paese, arroccato su una collina che dominava la vallata, era piccolo e accogliente. Elisabeth notò subito la grande porta che permetteva l'entrata attraverso le mura di cinta che circondavano il feudo. Incuriosita, rimase tutto il tempo affacciata al finestrino della carrozza per vedere tutti i particolari della nuova cittadina.

Rimase sorpresa quando arrivò al castello e attraversò il ponte levatoio. Appena scese dalla carrozza fu scortata dal proprietario della nuova dimora. Il re di Napoli aveva scritto una lettera per il nobile a cui Elisabeth era stata affidata. Nella missiva si spiegava che era necessario proteggere la sua identità e tenerla al sicuro da occhi indiscreti. Il re temeva che la sua presenza avrebbe attirato attenzioni indesiderate, mettendo a rischio la stabilità del suo regno.

Elisabeth accettò il suo destino con dignità e comprensione. Nel suo rifugio, trascorse le giornate immersa nella contemplazione e nella riflessione. Osservava il mondo dalla finestra, con lo sguardo perso nell'orizzonte lontano. I ricordi di Napoli e delle avventure passate danzavano nella mente, mentre il desiderio di un futuro diverso si faceva strada nel suo cuore.

Elisabeth sognava di trovare una nuova meta, una nuova via da percorrere. Desiderava lasciare un'impronta positiva sul mondo, anche se in silenzio e nell'ombra. Le sue riflessioni la portarono a immaginare un futuro in cui avrebbe potuto rivelare la sua vera identità.

Capitolo uno

In una tranquilla mattina, nel remoto villaggio di Grottole, la natura si risvegliava con la timida comparsa dell'alba. Il cielo si tingeva di sfumature calde mentre la luce dorata avvolgeva il paese. Le case con le facciate di pietra che raccontavano storie centenarie si stagliavano con grazia contro l'orizzonte. Le strade del villaggio si destavano lentamente, gli abitanti aprivano le loro porte all'abbraccio della luce mattutina. I raggi solari penetravano attraverso le finestre socchiuse, illuminando ogni angolo con gentilezza. Le tende svolazzavano leggere al vento, invitando la luce a filtrare e a risplendere negli interni delle case.

Nella piazza di Grottole, le prime luci del mattino rivelavano uno spettacolo affascinante. Le pietre delle fontane scintillavano sotto la luce, mentre l'acqua cristallina scorreva placida. I fiori colorati sbocciavano come tesori, armonizzandosi con la natura circostante, catturando i raggi del sole e diffondendo i loro profumi delicati.

I campi circostanti si destavano con una bellezza intrisa di poesia. La luce del sole accarezzava le spighe di grano che ondeggiavano gentilmente al vento, creando un mare dorato che sembrava estendersi all'infinito. Le foglie degli alberi tremolavano in modo incantevole, mentre gli uccelli intonavano melodie dolci, dando il benvenuto al nuovo giorno con gioia.

Al centro del paese, la chiesa diruta si erigeva come simbolo di devozione e mistero. La luce filtrava attraverso le sue aperture, illuminando ciò che restava degli intonaci e delle pareti ricoperte di muschio. Un'atmosfera mistica avvolgeva l'edificio, conferendogli un senso di sacralità e di antiche leggende.

Gli abitanti di Grottole, consapevoli di quella meraviglia quotidiana, si muovevano con grazia tra le strade, immersi in un'atmosfera che toccava l'anima. Così, il villaggio si rivelava come un luogo incantato, avvolto nella luce poetica di una mattina che sembrava scolpita da un artista celestiale. Era un momento fugace ma eterno nella sua bellezza, che lasciava un ricordo indelebile nella memoria di coloro che avevano il privilegio di viverlo.

Mentre passeggiava tra le stradine, Lucinda osservava con curiosità le abitazioni in pietra, le piccole botteghe che si preparavano ad aprire e i volti assonnati dei contadini che si avviavano verso i campi. L'aria era densa di profumi terrosi, mentre il canto degli uccelli riempiva l'atmosfera. Lucinda si chiedeva se avrebbe trovato finalmente un po' di pace in quel luogo. Grottole era un villaggio circondato da una bellezza naturale, selvaggia.

Si avvicinò con passo silenzioso alla finestra di una piccola bottega nel cuore del villaggio. Attraverso il vetro, i suoi occhi catturarono un'immagine di bellezza e maestria: Giuseppe e Nunzia, i maestri artigiani calzolai, erano al lavoro. Giuseppe, con mani abili e mente creativa, sembrava danzare con la sua arte mentre plasmava scarpe su misura per i nobili grottolesi. Le sue mani erano una poesia in movimento, un'ode alla maestria artigiana.

Nel frattempo, Nunzia, la moglie, era nel retro della bottega, intenta a preparare la pasta casareccia. La sua abilità nel fare la pasta fresca era rinomata in tutto il paese. Con grazia spargeva la farina sulla superficie del tavolo, aggiungeva l'acqua con cura e iniziava a mescolare con mani esperte. Il suono della pasta che veniva lavorata sembrava una melodia d'amore. Impastò fino a ottenere una massa omogenea, pronta a essere trasformata in piccole orecchiette o cavatelli, ciascuno fatto con cura e dedizione.

La giornata dei due coniugi si sarebbe conclusa con una serata magica, illuminata da candele tremolanti, con i due coniugi che condividevano il frutto del loro lavoro e della loro passione. La romantica cena, preparata con amore, avrebbe rappresentato non solo un momento di gioia condivisa, ma anche un tributo all'arte e alla tradizione di Grottole, dove l'abilità artigianale e la cucina casalinga si univano per creare momenti indimenticabili.

Lucinda si fermò a osservare la vicinanza delle chiese al castello feudale, che sorgeva maestoso su un'altura, dominando il paesaggio. Le sue antiche mura di pietra si ergevano come guardiani protettivi, avvolgendo il castello in un abbraccio possente. Torri di difesa si sollevavano a intervalli regolari lungo il perimetro, scrutando l'orizzonte con occhi vigili.

Al centro della fortezza, un'imponente torre si elevava verso il cielo, come un faro di potere e autorità. La torre, con una finestra affacciata sulla valle, regalava una vista panoramica che spaziava tra le dolci colline, i campi fertili che si estendevano fino all'orizzonte e il fiume Basento.

Un ponte levatoio, che veniva abbassato per accogliere gli ospiti e sollevato per proteggere il castello, attraversava un fossato profondo, aggiungendo un ulteriore strato di difesa. I meccanismi arrugginiti del ponte testimoniavano le molte battaglie e gli assedi che il castello aveva affrontato nel corso dei secoli. Le mura di cinta, spesse e massicce, si innalzavano come un baluardo inespugnabile. Le pietre grigie e rugose che le costituivano, pur portando i segni del tempo, trasmettevano ancora una sensazione di sicurezza e potenza.

Il castello di Grottole, con la sua struttura imponente e le sue caratteristiche difensive, rappresentava un simbolo di forza e autorità nel territorio. Era una costruzione che richiamava rispetto e ammirazione, riflettendo la storia e la determinazione di coloro che lo avevano eretto e difeso nel corso dei secoli.

Nonostante la maestosità del castello, fu una piccola chiesa a catturare l'attenzione di Lucinda in modo particolare. La chiesa di San Rocco, situata ai margini del paese, emanava una sensazione di pace e speranza. San Rocco era il patrono dei malati di lebbra, colui che offriva conforto e protezione nelle ore più buie. *Forse*, pensò Lucinda, *posso trovare in questa chiesa la redenzione e la possibilità di una nuova vita.*

Mentre si avvicinava alla chiesa, avvertì un brivido lungo la schiena. Un presentimento si insinuò nella sua mente, come se qualcosa o qualcuno stesse osservando ogni suo movimento. Istintivamente girò lo sguardo verso la chiesa diruta, le cui pareti erano consumate dal tempo e il cui interno era avvolto da un'atmosfera di desolazione. Non scorse nulla di sospetto.

Varcò la maestosa porta della chiesa di San Rocco e si trovò immersa in uno scenario sacro e misterioso. La chiesa si presentava con la sua imponente struttura a tre navate, le cui pareti in pietra a vista erano ornate da delicati intonaci che accoglievano splendidi affreschi. Ogni dettaglio dell'edificio trasmetteva una sensazione di solennità e devozione.

Il portone principale, imponente e scolpito con maestria nel legno, sembrava una soglia verso un regno di spiritualità e meraviglia. Al suo interno, il caldo bagliore delle candele e l'odore di incenso creavano un'atmosfera mistica.

Lo sguardo di Lucinda fu rapito da una statua in legno di santa Maria della grotta, posta sull'altare centrale; uno splendido polittico dipinto con maestria. Era imponente e occupava tutta la parete fino al soffitto. Sulla parte superiore ammirò l'immagine di Dio.

All'interno della chiesa si potevano ammirare opere d'arte, dipinti e sculture che raffiguravano i santi. Le figure sembravano prendere vita, danzando all'illuminazione della luce naturale del sole che filtrava dalle vetrate colorate della facciata principale.

Attratta da un'energia misteriosa, Lucinda avanzò con cautela verso l'altare centrale, nel cuore della chiesa; i suoi passi risuonavano sui pavimenti di pietra. Maestoso e ornato, l'altare sembrava il punto focale della potenza spirituale.

Mentre camminava, un'incertezza la fece inciampare e cadere su una pietra, che si spostò sotto il suo peso. Curiosa, si rialzò per capire ciò che si celava al di sotto. Con mani tremanti alzò la lastra e vide una chiave di ferro di grandi dimensioni. La luce che filtrava dalle vetrate colorate si rifletteva sulla chiave, creando un incantevole e misterioso gioco di luci e ombre.

La chiave aveva un aspetto insolito. Avvolto attorno alla chiave c'era un pezzo di pelle di animale, sul quale era inciso un enigma:

Nel regno dei sogni, tra le fiamme e le ombre, un segreto in custodia circonda le torri. La luce e le sette teste sagge, custodi del cammino, condurranno alle porte del destino.

Tra le oscure sfumature della frase, si delineavano indizi che suggerivano l'esistenza di un passaggio segreto.

Questo è davvero affascinante. Nel regno dei sogni, tra le fiamme e le ombre, un segreto in custodia circonda le torri. Le torri potrebbero riferirsi al castello, pensò Lucinda esaminando la chiave e rileggendo l'indovinello. *Sette teste sagge, custodi del cammino...* Alzando gli occhi vide il drago a sette teste sulla porta della sacrestia della chiesa di San Rocco. *Le sette teste potrebbero riferirsi al drago sulla porta! E se il cammino è verso il castello, allora il drago potrebbe indicare la direzione o direttamente la porta. Quindi troverò al castello un drago a sette teste.*

Lucinda si sentì pervasa da una sensazione di avventura. Tuttavia, l'incertezza cominciò a farsi strada dentro di lei. Si trovava di fronte a una sfida: se davvero si fosse decisa ad andare in fondo al mistero dell'enigma, sarebbe dovuta entrare nel castello, noto per essere un baluardo impenetrabile, senza attirare l'attenzione dei soldati. Avrebbe dovuto essere astuta, veloce e, soprattutto, invisibile.

Uscì dalla chiesa di San Rocco e trovò un gruppo di persone che stava parlando tra loro. Le sembrò che stessero discutendo di quello che era accaduto nelle notti precedenti: la scomparsa di alcune persone.

Riconobbe Felicetta e si avvicinò. «Ciao, Felicetta, come va?»

L'amica rispose: «Sta andando tutto male. È scomparso Antonio da due giorni, non riusciamo a trovarlo, sono molto preoccupata». Una signora aggiunse: «Qualche settimana fa è stato ritrovato Giuseppe, mio cugino, morto. Ho molta paura. Ormai si rincasa molto presto la sera».

Lucinda intervenne: «Si ritrovano spesso persone morte, ma non si riesce a trovare la causa o a capire se c'è qualcuno o qualcosa che uccide senza lasciare traccia».

Lucinda e le altre donne continuarono con la conversazione con tanti dettagli. Il tono delle loro voci si fece sempre più rauco e triste. Dopo un po', andarono via.

Lucinda, riprendendo il cammino, fece un po' di strada e si fermò su una piccola altura di fronte al castello. Osservò le possenti torri che circondavano la struttura: la fortezza è piena di sentinelle armate, sul ponte levatoio ci sono cavalieri a cavallo e soldati. Una sensazione di eccitazione si fece strada dentro di lei. L'ingresso nella struttura avrebbe rappresentato il primo passo per svelare il mistero.

Si fermò a riflettere: aveva affrontato sfide simili in passato, ma questa era diversa. Chiuse gli occhi per un istante, cercando di concentrarsi per trovare la calma interiore.

Con un respiro profondo, Lucinda si rimise in movimento, cercando di sfidare la sua stessa natura per diventare un'ombra nella notte: la decisione di scoprire di più sulla chiave era stata presa. La sfida sarebbe stata imponente, ma la sua determinazione era più forte. Era troppo curiosa di scoprire cosa nascondesse quell'oggetto misterioso.

Capitolo due

Lucinda era una figura affascinante e misteriosa, con lunghi capelli neri che le scivolavano sulle spalle, come una cascata d'ebano. Gli occhi castani, profondi come il legno antico, rivelavano un'intelligenza acuta e uno spirito audace. Il suo viso, dai dolci lineamenti, era abbellito da guance lievemente rosate, come i petali di una rosa appena sbocciata. Il suo fisico slanciato emanava un'aura di eleganza e grazia. Le sue mani, affusolate e lunghe, erano un'opera d'arte per chiunque le osservasse, e sapeva come usarle con destrezza e precisione.

Quando parlava, trasmetteva un'esperienza di cultura e conoscenza che andava ben oltre la sua giovane età. Era una donna di profonda passione, che si dedicava anima e corpo alle sue cause, pronta a sfidare il mondo con la sua bellezza e la sua intelligenza.

Lucinda aspettò il favore delle tenebre e poi si recò al castello. Una volta arrivata, osservò attentamente le mura maestose e le imponenti torri di avvistamento, cercando disperatamente un varco segreto o un passaggio nascosto che avrebbe potuto sfruttare.

Con passo furtivo e cuore accelerato, esplorò i dintorni del castello, scrutando ogni dettaglio architettonico. Notò una pietra con una incisione rudimentale del drago a sette teste. *Sono sul percorso corretto.* Continuò nella stessa direzione delimitata da una piccola strada, non molto larga, giusto lo spazio per poterci mettere i piedi uno davanti all'altro, piena di cespugli e spine. Dopo aver superato un mucchio di piante, vide una fenditura, appena visibile tra due mura di pietra, un varco che sembrava essere stato dimenticato dal tempo.

Si avvicinò con cautela e si rese conto che era così stretto da permettere il passaggio di una sola persona.

Inspirando profondamente, si contorse agilmente attraverso lo stretto varco, cercando di non fare rumore. Emerse nel cortile interno, dove si trovavano i giardini e le fontane ornamentali. Si spostò silenziosamente tra gli alberi, sfruttando l'ombra che offrivano per nascondersi dai guardiani.

Scoprì un antico passaggio sotterraneo che conduceva alle segrete del castello. Era una stretta scala di pietra, che si snodava in profondità, sotto le fondamenta. Lucinda prese coraggio e iniziò a scendere con cautela; le pareti fredde della roccia sfioravano le sue mani.

Mentre avanzava nelle viscere del castello, il suono dei suoi passi echeggiava tra le mura di pietra, aumentando la tensione. Era fondamentale rimanere in silenzio. Finalmente, raggiunse le segrete.

La chiave, con il pezzo di pelle di animale che l'avvolgeva, si trovava nelle sue mani, pronta per aprire la porta segreta. La giovane cercò di decifrare l'enigma inciso sul pezzo di pelle per trovare l'ubicazione esatta della porta nascosta. Con pazienza e dedizione cercò di collegare le parole latine alle caratteristiche del castello, sperando di rivelare il luogo segreto.

Un'idea balenò nella sua mente. Si avvicinò a un'antica statua raffigurante un drago a sette teste, situata in una sala poco illuminata delle segrete. Con occhi attenti e cuore palpitante, scoprì una serratura nascosta accanto alla statua, come suggerito dall'enigma. Con mano tremante, inserì la chiave nella serratura.

Si sentì un suono rauco e cupo, e la porta segreta iniziò a scivolare lentamente, aprendosi.

Lucinda si sentì pervadere da un misto di emozione e apprensione mentre attraversava la soglia e svelava il cammino verso l'ignoto. Il suo coraggio l'avrebbe guidata attraverso un intricato labirinto di passaggi segreti e corridoi, verso la scoperta di segreti sepolti nel cuore del castello.

Entrò nella stanza, un ambiente avvolto nell'ombra, dove il tenue chiarore proveniente da una finestra fessurata penetrava a malapena. Le pareti di pietra grezza sprigionavano un'aria antica, mentre l'odore di umidità permeava l'aria. Al centro della stanza, un tavolo di legno massiccio, logoro dal tempo, regnava sovrano. Sopra di esso giacevano pergamene ingiallite e un calamaio di bronzo corroso. Il tavolo, già piegato sotto il peso dei secoli, sembrava implorare pietà.

La delusione e il nervosismo si fecero strada nel petto di Lucinda, stringendole la gola. *Mi aspettavo di trovare già un tesoro!* sospirò, lasciando cadere lo sguardo sui documenti sparsi.

Con un gesto scomposto, il suo piede incontrò il tavolo con un tonfo sordo. La struttura, già indebolita dagli anni, cedette sotto il colpo improvviso, rovesciando gli oggetti con un fragore metallico.

Cosa sto facendo? Si morse il labbro inferiore, cercando di placare la tempesta dentro di lei.

Mentre si chinava per raccogliere gli oggetti caduti, un bagliore attirò la sua attenzione. Un raggio di luce proveniente dalla strettoia della finestra illuminava una pietra del pavimento. Sulla pietra c'era un'incisione. Si guardò intorno e notò che anche sulle pareti c'erano una serie di incisioni simili, ma con numeri diversi.

Confusa, Lucinda si avvicinò alle incisioni sulle pareti. Osservò attentamente le forme e i numeri, cercando di trovare un collegamento tra loro. Qual era il significato che si celava dietro quelle incisioni?

All'improvviso, si udirono dei rumori prevenire dall'esterno: la sentinella di ronda si stava avvicinando. Lucinda si rese subito conto di non aver chiuso correttamente la porta. Un'ondata di panico la invase e, in un istante, si avvicinò silenziosamente alla porta per chiuderla.

Scongiurato il pericolo, ritornò all'enigma. Ripensò alle parole incise sulla pelle e alla luce che era stata menzionata. Capì che solo quest'ultima avrebbe potuto rivelare l'incisione giusta da toccare. Mentre pronunciava l'enigma, la luce sembrò intensificarsi, evidenziando ancora di più la pietra sul pavimento con l'incisione del drago a sette teste e il numero romano VII.

Che strano... questa pietra sembra essere importante.

Notò una fessura nella pietra incisa. Lucinda si chiese cosa fare. *Forse c'è qualcosa sotto questa pietra. Ma come faccio a rimuoverla? Forse con il legno del tavolo riesco a preparare un arnese.* Si avvicinò al tavolo rovesciato e afferrò un pezzo di legno spezzato. Con un movimento rapido, infilò il bastone nella fessura della pietra e iniziò a fare leva, sperando di riuscire a sollevarla e rivelare il mistero celato sotto di essa. Così fece forza e senza far troppo rumore riuscì a rimuovere la pietra. Pulì la cavità dai detriti di malta e polvere, e finalmente si poté vedere cosa c'era al di sotto.

Una serratura! pensò Lucinda. Scrutando bene, notò che la forma era simile alla chiave che aveva trovato nella Chiesa di San Rocco. Con il cuore che batteva all'impazzata, introdusse la chiave, che girò perfettamente. Si udì un rumore e lentamente il pavimento iniziò a muoversi, rivelando una botola segreta.

Senza esitazione, la giovane prese un piede del tavolo, strappò un pezzo di stoffa del suo vestito e lo attorcigliò attorno per fare una fiaccola, dopodiché si avventurò lungo le scale al di sotto della botola. Nonostante la poca luce, riuscì ad arrivare alla fine delle scale. Il percorso proseguiva con un corridoio stretto e angusto, che terminava con una porta in legno. Lucinda illuminò la porta con la sua torcia e notò l'incisione del drago a sette teste. *Chissà cosa ci sarà oltre questa porta.* Puntò la torcia un po' più giù e vide una serratura in ferro. *La sorte vuole essere dalla mia parte!* pensò.

Prese la chiave di ferro, la infilò nella serratura e girò. *Ma guarda un po'... una chiave per aprire tante porte.* Spalancò l'uscio e protese in avanti il braccio che reggeva la torcia per illuminare la stanza e vedere cosa avrebbe trovato al suo interno. L'ambiente era piccolo, le pareti in pietra e il tetto a volta. Entrò, spostò la torcia di fronte a sé e notò che al centro della stanza c'era una statua imponente: una figura umana avvolta in un mantello che stringeva il corpo dalla testa ai piedi, celando ogni tratto distintivo del volto e della forma fisica. Quest'ultima era definita dalle pieghe fluide del tessuto, che cadevano con grazia e mistero intorno al corpo immobile. La testa era abbassata leggermente, come se la figura stesse contemplando qualcosa ai suoi piedi o riflettendo in silenzio. Il mantello, realizzato con maestria artistica, sembrava quasi prendere vita.

Che cos'è? Un medaglione appeso al collo della statua! Si avvicinò e notò che era inciso con maestria; era ornato, nella parte centrale, con l'immagine di un drago, su cui erano incisi dei simboli. Le spire della creatura, che si avvolgevano in un intricato intreccio, ne simboleggiavano la potenza. Sui lati del pendente erano incisi dei simboli. Dietro, invece, c'erano delle scritte in una lingua antica.

Le parole sembravano sussurrare un segreto millenario, un messaggio che solo coloro che avrebbero avuto il coraggio di decifrare avrebbero avuto il privilegio di conoscere.

Lucinda prese il medaglione e lo indossò. *Ora devo uscire di qui senza farmi scoprire,* rifletté. Fece un bel respiro profondo, ripercorse il corridoio e risalì le scale fino ad arrivare alla porta segreta dalla quale era entrata. Prima di uscire controllò che non ci fossero le guardie. Mentre Lucinda si muoveva con cautela nel castello, cercava di uscire senza essere scoperta, una folata di vento fece cigolare una porta. Le sentinelle si voltarono immediatamente verso il rumore, i loro sguardi scrutavano l'oscurità, alla ricerca di intrusi. Il cuore di Lucinda iniziò a battere furiosamente mentre cercava di rimanere immobile, nascosta dietro un muro.

Con destrezza, approfittò dell'attimo in cui le guardie erano girate dalla parte opposta e si mosse rapidamente lungo il corridoio silenzioso, aggirando i guardiani, che continuavano a scrutare l'area. Ogni passo era studiato, ogni respiro trattenuto. Lucinda poteva sentire il battito del suo cuore nel silenzio notturno mentre si avventurava tra i corridoi, sperando di trovare una via di fuga.

Raggiunse la scala che conduceva al cortile, illuminato solo dalla debole luce della luna. Mentre saliva con cautela i gradini, le sue mani si strinsero intorno al medaglione, sentendone la fresca superficie. A ogni passo, l'adrenalina aumentava, spingendo Lucinda a raggiungere la fessura delle mura che conduceva verso la libertà.

Tuttavia, proprio quando sembrava che fosse riuscita a sfuggire, una delle guardie, attenta e perspicace, notò il movimento furtivo nel cortile. Alzò la voce, avvisando le altre sentinelle che un'ombra si stava dileguando. Lucinda accelerò il passo, il suo cuore martellava nel petto mentre si avvicinava alla fenditura.

Con un ultimo sforzo, raggiunse il varco e si immerse nella notte. Le sentinelle stavano per raggiungerla, ma Lucinda fu più veloce. Le voci delle sentinelle si attenuarono, mentre la ragazza si allontanava sempre di più dal castello. Scomparve nell'oscurità della notte senza lasciare alcuna traccia dietro di sé.

La giovane si ritrovò sola, lontana dal pericolo, con il medaglione stretto nel pugno. Respirò profondamente, sentendo l'emozione e il sollievo scorrerle in petto; era riuscita a sfuggire alla cattura e ora poteva continuare la sua avventura, portando con sé il misterioso medaglione.

Finalmente al sicuro nella sua dimora, si sedette su una sedia vicino alla finestra, ammirando il ciondolo che giaceva sul palmo della sua mano. La luce della luna filtrava attraverso il vetro colorato, creando una danza di riflessi sulla superficie levigata dell'oggetto.

«Chi sei tu?» sussurrò lasciando che le sue parole si perdessero nell'aria silenziosa della stanza. «Quale segreto nascondi? Perché ho la sensazione che tu sia molto importante?»

I suoi occhi si posarono sui dettagli del pendente, mentre lo scrutava con curiosità e incanto. Ogni tratto dell'oggetto sembrava portare con sé una storia, una relazione con un passato remoto.

«Sei il ponte tra due mondi, il legame con un destino che ancora devo scoprire. Sono pronta ad affrontare qualsiasi sfida, a svelare i misteri che tu custodisci.»

Le sue dita accarezzarono delicatamente la superficie del medaglione, percependo le sue incisioni sotto la punta delle dita. Era come se il prezioso oggetto pulsasse di energia, promettendo avventure e rivelando segreti.

Quello che rendeva il ciondolo ancora più affascinante erano i simboli incisi, come spicchi di torta, intorno al drago. Ogni spicchio mostrava una raffigurazione unica: una rosa stilizzata, simbolo di bellezza, amore e mistero; un occhio all'interno di un triangolo, rappresentante la saggezza, la conoscenza e la protezione; una chiave, simbolo di opportunità, segreti e aperture verso nuovi orizzonti; una luna crescente, che evocava la magia, la spiritualità e i cicli della vita; un libro aperto, rappresentante la conoscenza, l'apprendimento e la saggezza trasmesse attraverso le generazioni.

Il medaglione divenne così messaggero di storia e di potere, l'amuleto che legava Lucinda alla sua ricerca di verità e avventure nel mondo affascinante di Grottole.

«Mi chiamerò Lucinda, l'erede del mistero, colei che non si arrenderà mai di fronte alle difficoltà» dichiarò con fermezza, fissando il medaglione con occhi risoluti. «Sei il mio talismano, la mia guida in questo intricato labirinto di segreti e destini intrecciati.»

Anche se il cammino sarebbe stato tortuoso e pieno di ostacoli, Lucinda era pronta ad affrontare ogni sfida che le si sarebbe presentata lungo il percorso. Con il medaglione al suo fianco, si sarebbe spinta oltre i confini del conosciuto, alla ricerca della verità e del suo posto nel mondo.

Così, con un sorriso fiducioso sulle labbra, si immerse nel vortice dell'ignoto. Il medaglione sarebbe stato il suo compagno di viaggio.

CAPITOLO TRE

Lucinda si svegliò con un senso di eccitazione nel cuore, ansiosa di iniziare un nuovo giorno di avventure e scoperte. Si alzò dal morbido letto e si affacciò alla finestra della sua camera, lasciando che la luce del sole la avvolgesse dolcemente. Il suo sguardo si posò sulla maestosa chiesa diruta, dedicata ai santi Luca e Giuliano, che si ergeva a pochi passi dal castello e dalla chiesa di San Rocco, come testimonianza silenziosa di un passato glorioso.

Mentre contemplava la struttura decadente, i ricordi affiorarono nella sua mente. I racconti dei suoi nonni le avevano tramandato la storia di quella chiesa, di come era stata costruita, con grande ardore e maestria, per crollare poco dopo il completamento.

L'architetto, che aveva osato sfidare le convenzioni, aveva disegnato una chiesa unica nel suo genere. La cupola ellittica, audace e innovativa, dominava l'orizzonte, catturando lo sguardo di chiunque si avvicinava. La pianta a croce latina, con la sua navata imponente e i dettagli intricati, rappresentava l'essenza della fede e dell'arte, che si intrecciavano in un'unica immagine.

Quell'architetto aveva dedicato anni a perfezionare ogni dettaglio della chiesa, investendo talento e passione senza risparmiarsi. Aveva voluto creare qualcosa di eterno, un'opera d'arte che avrebbe resistito al passare dei secoli.

Ma il destino aveva giocato un ruolo crudele. Subito dopo che era stata completata e consacrata, il suolo sottostante si scosse violentemente, facendola collassare in una rovina di macerie. La tragedia sconvolse l'intera comunità, infrangendo i sogni di coloro che avevano sperato di pregare sotto quella maestosa cupola.

Lucinda sentiva un legame profondo con quell'audace architetto. Ne ammirava il coraggio di sfidare le convenzioni, di creare qualcosa di unico e straordinario nonostante i rischi. Si chiedeva cosa avesse provato nel vedere la sua creazione andare in rovina, nel contemplare i resti di ciò che aveva costruito con tanta passione.

«Mai mi fermerò di fronte alle avversità, come quell'architetto» sussurrò Lucinda, rivolgendo il suo sguardo determinato alla chiesa diruta. «Continuerò a lottare per i miei sogni, per le mie scoperte. Non permetterò che le rovine mi scoraggino, ma le userò come trampolino di lancio per costruire qualcosa di ancora più grande.»

La giovane si allontanò dalla finestra e si preparò per affrontare la giornata che la attendeva. La storia della chiesa diruta sarebbe stata un costante richiamo per non smettere mai di cercare la grandezza, per continuare a superare le sfide e dare vita a qualcosa di straordinario. Proprio come aveva fatto quell'architetto con la sua cupola ellittica, che ora giaceva in rovina ma rimaneva un simbolo di audacia e perseveranza.

Lucinda, determinata a scoprire il significato del misterioso medaglione e delle scritte in lingua antica che lo adornavano, decise di cercare l'aiuto di Gregorio, l'insigne studioso di Grottole. La sua fama di conoscitore della storia, delle lingue antiche e delle leggende era ben nota a tutti nel paese.

Uscì di casa, immergendosi nelle strade acciottolate del villaggio. Il suo passo, elegante e misurato, si distingueva da quello degli altri abitanti, mentre i suoi lunghi capelli neri ondeggiano leggeri al vento.

Diretta verso la casa di Gregorio, il fato la portò a incontrare il maialino di sant'Antuono, una creatura speciale, allevata con amore dalla comunità di Grottole. Gli abitanti dedicavano tempo e cure al maiale, nutrendolo con affetto e attenzione. La festa di sant'Antuono era un evento atteso con gioia e fervore dal paese. Il maiale, divenuto il simbolo della tradizione, sarebbe stato prima benedetto e successivamente macellato in occasione della festa. Grottole si riuniva in piazza, l'atmosfera era carica di entusiasmo e allegria. Il giorno solenne rappresentava non solo un momento di celebrazione religiosa, ma anche di unione e solidarietà tra gli abitanti.

Chiunque desiderava gustare un pezzo di carne del maiale avrebbe dovuto fare un'offerta. Era un gesto di partecipazione e di contributo alla comunità, un segno di unità che rafforzava i legami tra gli abitanti di Grottole. Lucinda considerò che era splendido avere tradizioni così radicate nella storia del paese.

Arrivata alla porta di Gregorio, bussò con un misto di curiosità ed emozione, sperando che l'uomo potesse aiutarla a svelare i segreti che si nascondevano dietro il medaglione.

Dopo un breve momento di attesa, la porta si aprì, rivelando Gregorio, figura affascinante e imponente che, con il suo aspetto da studioso, evocava la grandezza di Leonardo da Vinci. L'uomo portava con dignità il peso degli anni e della saggezza. La sua barba lunga e grigia scendeva come una cascata d'argento dal suo volto.

Gli occhi erano due finestre aperte su un mondo di sapienza e intuizione e scintillavano di una luce interiore, rivelando una mente sempre in movimento, costantemente alla ricerca di nuove scoperte e profonde riflessioni. Era un uomo la cui presenza emanava un'aura di erudizione e creatività, una figura che avrebbe potuto camminare al fianco dei grandi maestri del Rinascimento, pronti a plasmare il mondo con la sua genialità.

«Buongiorno, Gregorio» disse Lucinda con un sorriso cortese. «Spero di non disturbarti, ma ho bisogno del tuo aiuto per svelare il significato di un medaglione e delle scritte che vi sono incise.»

Gregorio la osservò attentamente per un istante, poi invitò gentilmente la giovane a entrare nel suo studio, un ambiente intriso di storia e conoscenza. Lo studio era un santuario del sapere, un luogo dove il tempo sembrava essersi fermato, e le parole scritte dai grandi pensatori del passato danzavano nell'aria.

Le pareti erano rivestite di scaffali alti che reggevano una vasta collezione di libri antichi, con spalle ingiallite e copertine in pelle screziata dal tempo. Pergamene delicate, decoratissime e macchiate dal passare degli anni, pendevano con grazia dai muri, portatrici di segreti antichi. Grandi mappe geografiche adornavano le pareti, testimoni delle esplorazioni e delle scoperte di epoche passate.

Al centro della stanza, un grande tavolo di legno massiccio era ricoperto di strumenti scientifici, penne e inchiostro, nonché di antiche mappe topografiche. Un globo terracqueo si trovava in un angolo, illuminato dalla luce naturale che filtrava dalle finestre.

L'atmosfera era impregnata dal profumo di pergamena e polvere, che catturava la magnificenza dei secoli passati. Era un luogo di ispirazione, un rifugio per coloro che desideravano esplorare il mondo della conoscenza e della scoperta. E Gregorio, con il suo sguardo penetrante e la saggezza dei suoi occhi, sembrava il guardiano di quel tesoro di sapienza.

«Sono felice di poterti aiutare, Lucinda» rispose l'uomo con voce calda e accogliente. «Ho dedicato la mia vita allo studio delle antiche lingue e delle leggende che le accompagnano. Se mi mostri il medaglione, sarò, forse, in grado di aiutarti a decifrarne il significato.»

Con un movimento delicato, Lucinda estrasse l'oggetto dalla sua borsa e lo porse a Gregorio. I suoi occhi brillavano di speranza, mentre lui esaminava attentamente le incisioni e le figure che adornavano il prezioso.

Dopo un attimo di riflessione, Gregorio si rivolse a Lucinda con un'espressione di profonda meraviglia.

«Questo medaglione» disse con voce solenne «è molto più di un semplice ornamento. Le incisioni in lingua antica indicano un legame con il passato, con leggende e incantesimi che risalgono a tempi lontani. Posso chiederti dove lo hai trovato?»

Lucinda, convinta di poter riporre il massimo della fiducia in Gregorio, condivise con lui il ritrovamento della chiave, il furtivo ingresso nelle segrete del castello e il reperimento del medaglione. Lo studioso la ascoltava affascinato.

Finito il racconto, lui spiegò: «Il simbolo del drago, così come le scritte in lingua antica, suggeriscono che questo medaglione è legato a una potente eredità di magia e protezione. Potrebbe essere un amuleto di grande importanza, capace di svelare segreti, creature, e aprire porte verso mondi sconosciuti».

Le parole di Gregorio accesero la fiamma della curiosità in Lucinda. La sua ricerca era appena iniziata, il medaglione nascondeva ancora molti misteri.

«Ti prego, Gregorio, fammi conoscere tutto ciò che puoi riguardo al medaglione» lo supplicò. «Ho bisogno di scoprire il suo scopo e i segreti che cela.»

Lui sorrise e annuì, comprendendo l'ardente desiderio di conoscenza di Lucinda.

«Resta qui con me» disse Gregorio «e insieme cercheremo di svelare gli enigmi e le meraviglie che questo oggetto custodisce. Che sia un viaggio emozionante, colmo di scoperte e di segreti antichi!»

Lucinda acconsentì con un sorriso di gratitudine, pronta ad affrontare sia la sfida che l'attesa, pervasa da una sensazione di speranza e di avventura. Il suo cammino verso la verità aveva appena avuto inizio e non avrebbe esitato a percorrerlo fino in fondo.

Gregorio si sedette di fronte a lei, mentre il lume delle candele danzava, creando ombre misteriose nella stanza. Con voce pacata, iniziò a raccontare la storia segreta della chiesa diruta, un racconto avvolto da un alone di mistero e superstizione.

«Questa chiesa» cominciò Gregorio «fu costruita molti anni fa da un abile architetto. La sua costruzione non fu una semplice impresa. Si verificarono infatti una serie di eventi inspiegabili e fenomeni soprannaturali che sembrarono ostacolarne la realizzazione. Si racconta che, nei giorni in cui spariva il sole, una figura femminile vestita di nero appariva di tanto in tanto. La sua presenza era accompagnata da una forza sconosciuta, un'entità sovrannaturale, una forza avversa alla costruzione della chiesa, che faceva crollare parti appena costruite. Ma il fatto ancora più spaventoso è che ogni tanto spariva qualche operaio e non veniva mai più ritrovato, portando scompiglio tra i lavoratori e diffondendo paura e superstizione.»

Lucinda rimase incantata e impaurita dalla storia, immaginando l'architetto che si trovava a fronteggiare forze oscure nel tentativo di portare a termine il suo lavoro.

«Ma c'è qualcosa di ancora più interessante» continuò Gregorio, sollevando un libro dal suo tavolo. «Mentre esaminavo attentamente il medaglione, ho notato un simbolo che si ripete anche sulla chiesa diruta.»

Con cura, Gregorio aprì il libro alle pagine che contenevano le immagini della chiesa. Lucinda osservò con attenzione, riconoscendo immediatamente il simbolo della rosa del medaglione impresso sulla facciata della chiesa diruta.

«Il simbolo» sussurrò Lucinda, quasi a se stessa «lega il medaglione alla storia oscura e misteriosa della chiesa. C'è un collegamento tra il medaglione e ciò che ha impedito la costruzione della chiesa.»

Gregorio annuì, confermando le parole della fanciulla. «Il medaglione potrebbe essere la chiave per comprendere la verità nascosta dietro la chiesa diruta. Dobbiamo continuare la nostra ricerca e svelare i segreti che si celano tra queste pagine, e tra le mura di quella chiesa.»

Lucinda sentì l'eccitazione crescere dentro di sé. La scoperta del legame le offriva una nuova direzione nella ricerca della verità.

«Continueremo a investigare» disse. «Scopriremo la verità e risolveremo l'enigma che ci attende. Il medaglione è il nostro punto di partenza, e insieme sveleremo l'antico segreto della chiesa diruta.»

Gregorio annuì, provando la stessa determinazione. Insieme, si sarebbero immersi in un mondo di conoscenza, storia e avventure, che li avrebbe condotti alla scoperta della tanto desiderata verità.

Gregorio, con gli occhi brillanti dall'emozione, prese il libro che conteneva i disegni e le descrizioni dei monumenti di Grottole.

«Guarda» disse Gregorio, puntando il dito su una pagina che mostrava il simbolo della chiave della chiesa di san Rocco. «Questo simbolo è identico a quello sul medaglione che hai trovato. Ecco il legame tra la tua scoperta e i monumenti di Grottole!»

Lucinda osservò attentamente il disegno, notando l'affinità. La sua mente si riempì di domande.

Continuarono a sfogliare le pagine, il simbolo ricorreva su tutti i monumenti del paese: il castello, la chiesa diruta e persino la torre nella contrada di Altojanni.

«Tuttavia,» disse Gregorio, mentre il suo sguardo si concentrava su una pagina vuota del libro «c'è un disegno che ancora non siamo riusciti a trovare. Un enigma che resta da risolvere.»

«Continueremo a cercare» dichiarò Lucinda. «Scopriremo il simbolo mancante e ne porteremo alla luce il significato. È la chiave per comprendere appieno la storia e i segreti di Grottole.»

Gregorio annuì, riconoscendo il valore di quell'ultimo elemento mancante. Insieme, si sarebbero avventurati ancora più in profondità nell'affascinante passato di Grottole, pronti a svelare il mistero finale e a scoprire il segreto celato dietro quel simbolo scomparso.

Gregorio, profondamente sorpreso dalla scoperta della scritta sul retro del medaglione, rimase assorto nei suoi pensieri. La mente gli riportò alla memoria un racconto inquietante, che gli era stato narrato durante il suo viaggio in Transilvania, un luogo ricco di leggende e misteri.

Gli abitanti del villaggio dove soggiornava raccontavano di una creatura oscura e notturna che si aggirava tra le ombre, nutrendosi del sangue delle sue vittime. Una figura temuta, associata alla famiglia di Vlad, sovrano dal cuore oscuro e dai comportamenti spaventosi. I racconti parlavano di sacrifici umani, di rituali segreti e di un potere sovrannaturale che scorreva nelle vene della famiglia reale.

Gregorio aveva ascoltato con attenzione quelle storie, all'inizio scettico, ma poi il senso di mistero e la persistenza di alcune coincidenze lo avevano spinto a considerarle con maggiore serietà. I simboli presenti a Grottole, insieme alla scritta sul medaglione, sembravano essere una sorta di richiamo, un legame con quella lontana terra.

Quale poteva essere il legame tra Grottole e la Transilvania? Perché quei simboli e quella scritta si trovavano proprio lì, nel cuore della sua comunità? Domande che lo tormentavano ma allo stesso tempo lo affascinavano, spingendolo a indagare e a cercare la verità nascosta dietro quei misteri.

CAPITOLO QUATTRO

Il giorno successivo, Lucinda e Gregorio si avventurarono in un viaggio affascinante verso Altojanni, situata a una considerevole distanza da Grottole. Immersi nella bellezza della campagna circostante, i due cavalcarono attraverso paesaggi pittoreschi e selvaggi.

Il sole mattutino sorgeva all'orizzonte, dipingendo il cielo con sfumature di arancio e rosa. L'aria fresca e frizzante avvolgeva i loro volti, il profumo delle erbe selvatiche e dei fiori inondava i loro sensi. Lungo il cammino, attraversarono campi verdi punteggiati di margherite e papaveri, mentre gli alberi secolari sembravano danzare con grazia al ritmo della brezza leggera.

Il canto degli uccelli si faceva sentire dolcemente, accompagnando i viaggiatori nel loro percorso. Il suono degli zoccoli dei cavalli sulla strada di ciottoli creava una sinfonia ritmica che si fondeva con i suoni della natura. Lucinda e Gregorio si lasciarono incantare dallo spettacolo, dimenticando le preoccupazioni e immergendosi completamente in quella meravigliosa avventura.

Man mano che si avvicinavano ad Altojanni, una maestosa torre iniziava a emergere all'orizzonte. La torre, simbolo di potere e difesa, sembrava sfidare il tempo e le avversità.

Le mura di pietra grigia si elevavano fieramente verso il cielo, frutto della maestria architettonica di un tempo lontano. I dettagli decorativi, seppur scoloriti, testimoniavano l'attenzione all'eleganza di chi l'aveva costruita.

Dalle finestre a feritoia si poteva ammirare la campagna circostante. La torre racchiudeva forza e difesa, nobiltà e bellezza.

L'interno era ricco di storia e mistero. Le pareti di pietra levigata custodivano antiche incisioni e le finestre permettevano alla luce di filtrare, creando suggestivi giochi di luce e ombra. Una volta dentro, Lucinda e Gregorio rimasero incantati dalle opere d'arte e dai manufatti che adornavano le stanze. Ogni passo rivelava un pezzo del passato, una storia da svelare.

Altojanni si stagliava come una testimonianza affascinante del passato, ma anche come un'ombra decaduta della grandezza dei tempi andati. Gli occhi dei due avventurieri si posarono sulle rovine che circondavano la maestosa torre.

Le case, un tempo fiere dimore, giacevano come macerie, con pareti sgretolate e tetti crollati. Solo poche tracce delle loro antiche strutture rimanevano in piedi, come scheletri dimenticati tra le erbacce del terreno. Le finestre rotte e le porte sgangherate suggerivano un passato di vita e attività, ora ridotto a una silenziosa desolazione.

Le mura di cinta, un tempo imponenti e impenetrabili, erano anch'esse vittime del tempo e dell'abbandono. Frammenti di pietra si ergevano un po' ovunque, molte sezioni erano crollate o inghiottite dalla vegetazione rigogliosa. L'erba alta e i rovi si insinuavano tra le crepe, abbracciando e reclamando il territorio che un tempo apparteneva all'uomo.

Lo sguardo di entrambi fu catturato dal simbolo che adornava la superficie della torre, confermando il legame tra quel luogo e i misteri che cercavano di svelare.

Tuttavia, nonostante l'emozione di trovarsi finalmente al punto giusto, Lucinda e Gregorio si resero conto che non sapevano esattamente cosa cercare. La torre sembrava custodire segreti e indizi, ma qual era il loro significato? Come rivelarli?

I due iniziarono a esplorare gli ambienti della torre. Esaminarono ogni dettaglio, dai muri di pietra alle scale logore, alla ricerca di indizi, simboli o oggetti che avrebbero potuto offrire una chiave di lettura per comprendere il legame tra il medaglione e i simboli presenti a Grottole.

Lucinda, seduta su una vecchia pietra, chiese a Gregorio: «Hai saputo delle varie persone ritrovate morte con dei segni sul collo? Grottole sta vivendo un periodo di terrore».

«Sì, sono al corrente. È una situazione molto brutta.»

«Seconde te cosa può essere? Un lupo? Un cinghiale?»

«Non ho avuto l'occasione di analizzare un corpo, mi sarebbe piaciuto per scoprire la causa e riportare la serenità nella comunità.»

«Il nostro re sta facendo delle indagini per scoprire la verità?»

«Sta facendo pattugliare la città solo all'interno delle mura. Pensano che siano dei lupi a entrano da un passaggio che non riescono a trovare.»

Dopo pochi secondi di silenzio per la brutta situazione che il popolo grottolese stava vivendo, Lucinda guardò la torre. *È incredibile pensare a quante storie e segreti custodisca questo luogo*, pensava. *Mi chiedo cosa possiamo scoprire qui.*

«Mi hai detto che sei stato in Transilvania, vero? Hai qualche conoscenza o leggenda particolare che potrebbe essere rilevante per ciò che stiamo cercando di scoprire?»

«In effetti, durante il mio soggiorno in Transilvania, ho sentito molte storie e leggende legate alla figura di Dracula. Si dice che la sua famiglia, i Drăculești, fosse coinvolta in pratiche oscure e poteri sovrannaturali. C'è una storia che mi ha particolarmente colpito: si narra che i Drăculești avessero la capacità di evocare creature della notte, che si diceva succhiassero il sangue delle loro vittime.»

«Quindi, potrebbe esserci un legame tra la famiglia Drăculești e quello che abbiamo scoperto finora? È davvero possibile che il medaglione e i simboli a Grottole abbiano a che fare con queste antiche leggende? Stavo pensando... può essere che gli episodi delle persone scomparse siano collegati con questa storia?»

«È difficile dirlo, ma tutto sembra puntare in quella direzione. Potrebbe esserci una connessione tra la famiglia Drăculești, i simboli presenti a Grottole e il potere nascosto che cercano di rivelare. Dobbiamo continuare le nostre ricerche e sperare di trovare le risposte che cerchiamo.»

«Mi sembra di vivere un'avventura incredibile, qualcosa di fuori dall'ordinario. Grazie, Gregorio, per aver deciso di aiutarmi, sono onorata di avere un compagno come te in questo viaggio.»

«Anche per me è un onore essere qui con te, Lucinda. Siamo sulla strada giusta per svelare il mistero che potrebbe cambiare la nostra comprensione di Grottole e di noi stessi.»

Mentre il buio avvolgeva la torre di Altojanni, i due amici continuarono a discutere delle loro teorie con i cuori pieni di entusiasmo fino a notte fonda.

Si svegliarono al sorgere del sole, i raggi dorati filtravano attraverso le fessure della torre e illuminavano la loro stanza improvvisata.

Si alzarono e si guardarono con un senso di eccitazione nel cuore, consapevoli che la giornata avrebbe portato nuove scoperte. Si incamminarono verso la chiesetta vicina, speranzosi di trovare qualche indizio utile. Il loro sguardo cadde su una pietra insolita, posizionata strategicamente accanto alla porta della chiesetta. La pietra era incisa con il simbolo misterioso che li aveva guidati fino a quel momento: la luna. Lucinda, con un lampo di intuizione, decise di rompere la pietra per esplorare ciò che si nascondeva al suo interno. Con un gesto deciso, sollevò un masso e lo lasciò cadere. La pietra si frantumò, rivelando una serratura e un bassorilievo nel quale sembrava che avrebbe potuto incastonare il medaglione.

Con il cuore che batteva forte, Lucinda prese il medaglione e lo posizionò nell'alloggiamento del bassorilievo.

All'improvviso, un sussurro di pietra iniziò a echeggiare intorno a loro, e una piccola fessura si aprì nel muro alle loro spalle. Si avvicinarono, scoprendo una pergamena antica con scritte in latino.

Lucinda la prese, sentendo l'emozione crescere dentro di sé. Iniziò a decifrare le parole incise sulla carta antica, cercando di capire il significato di quel messaggio misterioso.

In umbra noctis, sub tegmine mentis,
petram quaerite, signum luminis.
Ad Sanctum Thomam, via est certa,
ibi latet secretum sanguinis.

«“Nell’ombra della notte, sotto il velo della mente, cercate la pietra, segno di luce. Verso san Tommaso, c’è una via sicura, là si cela il segreto del sangue.” Gregorio, dobbiamo decifrare il significato della frase e trovare la chiesa di San Tommaso. Ma dove potrebbe trovarsi? Non ho mai sentito parlare di una chiesa con questo nome qui nelle nostre zone.»

«È vero, potrebbe essere un’antica chiesa ormai in rovina, o addirittura nascosta da qualche parte. Dobbiamo pensare a quale luogo potrebbe essere associato a san Tommaso e che abbia un significato simbolico.»

«Potrebbe essere vicina a un fiume o a una sorgente d’acqua? San Tommaso è spesso associato a simboli di purezza e rinascita.»

«Potrebbe essere situata anche in una zona collinare o montuosa. Le chiese spesso vengono costruite in luoghi elevati per essere visibili da lontano.»

«E se fosse circondata da alberi o boschi? In molti luoghi sacri si trova un connubio tra natura e spiritualità.»

«Hai ragione, Lucinda. Dobbiamo cercare un luogo che rispecchi queste caratteristiche. Con pazienza e dedizione riusciremo a trovarla.»

«Continuiamo a esaminare le mappe e consultiamo anche gli anziani del villaggio. Potrebbero avere qualche leggenda o indizio che ci può aiutare.»

«Sì, dobbiamo sfruttare ogni risorsa a nostra disposizione. Non demordiamo, Lucinda. Siamo sulla strada giusta. Sono sicuro che troveremo la chiesa di San Tommaso e scopriremo il segreto.»

La mattina seguente, Lucinda e Gregorio si misero in cammino per ritornare a Grottole. Il viaggio fu molto veloce. Per non fare incontri spiacevoli, erano intenzionati a tornare prima che arrivasse il buio.

Stremati dal viaggio, entrarono nel paese proprio quando il sole stava scomparendo tra le montagne a ovest.

Appena varcate le porte di Grottole, Gregorio disse: «Forse è meglio se ci riposiamo, ma soprattutto se ci mettiamo al sicuro. Domani mattina andremo dall'anziano».

«Gregorio, cerca di rimanere vivo, voglio scoprire la verità.»

Capitolo cinque

La mattina seguente, Lucinda e Gregorio si incontrarono e si recarono alla dimora del signore anziano. Arrivati davanti alla porta, bussarono. Dopo alcuni secondi, l'uomo anziano aprì.

«Chi siete?»

«Sono Gregorio e lei è Lucinda, signore. Ci siamo incontrati varie volte in passato, non si ricorda di me?»

«Sì, ora mi ricordo. Benvenuti. Cosa vi porta da me?»

«Buongiorno. La ringrazio per averci accolto. Siamo alla ricerca della chiesa di San Tommaso, ma non siamo sicuri di dove possa trovarsi, il territorio di Grottole è molto vasto. Speravamo che, con la sua conoscenza, potesse aiutarci» disse Lucinda.

«Abbiamo seguito un antico enigma che ci ha condotto a cercare la chiesa. Abbiamo pensato che lei, con la sua esperienza, potesse conoscerne la posizione o avere qualche indizio da raccontare» precisò Gregorio.

Un sorriso leggero passò sul viso dell'anziano. «Ah, la chiesa di San Tommaso. Ho sentito molte storie su di lei. Sedetevi e vi racconterò ciò che so.»

Lucinda e Gregorio si accomodarono, ascoltando con attenzione le parole dell'anziano.

«La chiesa di San Tommaso si trova in un luogo remoto, tra le colline che circondano Grottole. È nascosta, protetta da una fitta vegetazione e dalle insidie del tempo. Si dice che sia stata costruita molti secoli fa come luogo di rifugio e contemplazione per i monaci eremiti.»

«Come possiamo trovarla? C'è qualche indicazione o segno distintivo che possiamo seguire?» chiese Gregorio.

«Le leggende parlano di un antico albero,» continuò l'anziano «una maestosa quercia, che si trova vicino alla chiesa. Dicono che la sua sagoma possa guidare i cercatori di verità verso il luogo sacro. C'è una piccola comunità di monaci che custodisce la chiesa.»

«Grazie per queste preziose informazioni. Potrebbe indicarci la direzione approssimativa della chiesa e della quercia?» chiese Lucinda.

«Vi darò una mappa per orientarvi nelle colline. Ricordate che la strada per la scoperta dei segreti è spesso tortuosa e richiede perseveranza. Che la fortuna sia con voi, esploratori» concluse l'anziano.

Lucinda e Gregorio lo ringraziarono e lasciarono la sua dimora con rinnovato entusiasmo, determinati a trovare la chiesa.

Sistemarono le provviste e salirono sui cavalli. Si incamminarono attraverso le colline circostanti, seguendo le indicazioni ricevute. Il sole brillava alto nel cielo, illuminando il sentiero mentre avanzavano.

«Lucinda, quando partii per la Transilvania, ebbi l'opportunità di vedere una maestosa quercia come quella di cui parlava l'anziano. Era davvero un'immagine imponente! Ero convinto che un giorno avrei avuto modo di rivederla, ma non immaginavo che sarebbe stata in queste circostanze.»

«È incredibile come gli eventi si intreccino. Il fatto che tu abbia visto la quercia mentre andavi in Transilvania e che ora sia qui, mentre cerchiamo la chiesa, sembra quasi un segno del destino. Sono curiosa di scoprire cosa ci riserverà questa avventura.»

I due viaggiatori proseguirono il cammino: Lucinda, immersa nei propri pensieri e riflessioni; Gregorio scrutava la strada e sperava di non incontrare lupi o cinghiali. Insieme, guidati dalla loro determinazione e dalla vista sempre più vicina della quercia. Si trovarono presto di fronte a un'ampia radura circondata da alberi maestosi.

«Eccola, Lucinda! La quercia sacra, proprio come me la ricordavo. Possiamo considerarla una guida, la luce nel nostro percorso verso la chiesa di San Tommaso.»

«Sì, è davvero maestosa. Sento una sorta di energia provenire da essa, come se custodisse segreti millenari. Dovremmo essere vicini alla scoperta del segreto.»

Si avvicinarono alla chiesa di San Tommaso, ammirando la sua maestosità e la sua bellezza rustica. Le pietre antiche raccontavano storie di secoli passati, mentre il giardino circostante emanava serenità.

Nell'orto della chiesa, alcuni monaci si dedicavano alla cura delle piante, mentre altri pregavano in silenzio. Si avvicinarono a un monaco anziano, con gli occhi profondi e saggi, seduto su una panchina all'ombra della quercia.

«Buongiorno, rispettabile monaco. Siamo qui in cerca di risposte» iniziò Gregorio. «Stiamo cercando la chiesa di San Tommaso.»

«Benvenuti. Sono felice di conoscervi. Siete nel posto giusto, questa è la chiesa di San Tommaso. Accomodatevi. Cosa vi porta qui?»

«Siamo giunti fino a qui nella speranza che ci aiuti» disse Lucinda.

Lucinda e Gregorio raccontarono tutto quello che era accaduto, del ritrovamento della chiave a San Rocco, del medaglione nel castello di Grottole e della corrispondenza dei simboli con i monumenti, per concludere con la pergamena ritrovata ad Altojanni.

Gregorio chiese al monaco: «C'è qualcosa che ci può raccontare in virtù di tutte le scoperte fatte finora? Non so... qualcosa che viene nascosto in questa chiesa o qualcosa sui monumenti di Grottole?».

Il monaco, dopo aver visto e ascoltato tutto quello che Lucinda e Gregorio avevano raccontato, rimase senza parole e invitò i due ospiti a sedersi con lui.

Si sedettero accanto all'anziano. Dopo alcuni minuti di riflessione decise di condividere alcune informazioni.

«In effetti, ho qualcosa da raccontare.»

«La chiesa è stata testimone di molti avvenimenti. È stata un faro di fede e spiritualità per la comunità di Grottole. La sua storia è intrecciata con quella dei monaci che qui hanno dimorato, dedicandosi alla preghiera e alla cura dell'anima.»

Raccontò dei momenti di pace e di guerra vissuti dalla chiesa, delle difficoltà incontrate nel corso del tempo, ma anche della speranza che aveva guidato le persone nei tempi di avversità.

«Il segreto che custodisce questa chiesa è legato a un misterioso manoscritto, un antico testo che i monaci non hanno mai avuto il coraggio di leggere. Esso contiene conoscenze oscure, segreti antichi che risalgono a tempi lontani. C'è un'antica saggezza che si nasconde dietro quei caratteri scritti a mano, ma anche una pericolosa forza che potrebbe mettere a repentaglio tutto ciò che conosciamo.»

Le parole del monaco risuonarono nell'aria, avvolgendo Lucinda e Gregorio in un'atmosfera di mistero e tensione.

«Non possiamo lasciare che il segreto rimanga per sempre custodito nelle pieghe della storia. Dobbiamo affrontare ciò che ci aspetta, per il bene della conoscenza e della verità» affermò la giovane.

Il monaco si mosse con passo calmo e silenzioso, guidando Gregorio e Lucinda verso la porta segreta che conduceva dalla sagrestia della chiesa a un sotterraneo. Sull'architrave della sacrestia trovarono il simbolo del libro, che corrispondeva all'incisione sul medaglione. Gregorio disse a Lucinda: «Guarda, siamo sulla strada giusta». Con un gesto solenne, il monaco estrasse una chiave dalla tunica e la inserì nella serratura, aprendo così la via verso il manoscritto.

Il sotterraneo era articolato in tre navate, separate da possenti colonne, un cammino che portava a una sala a forma di semicerchio, il sancta sanctorum del luogo, in cui il prezioso libro era custodito come un tesoro divino.

Un brivido attraversò Lucinda e Gregorio mentre posavano gli occhi sul manoscritto. Le pagine, ingiallite dal tempo, erano decorate con una calligrafia elegante e simboli misteriosi che sembravano danzare sulla carta come creature ancestrali.

Il manoscritto aveva sfidato il tempo, era una reliquia dell'antichità che custodiva segreti e misteri, persistendo attraverso i secoli come una lanterna nella notte dei tempi.

Si raccontava che il libro fosse stato scritto da un monaco, un illuminato eremita che aveva trascorso anni in isolamento profondo, cercando risposte alle domande più oscure dell'esistenza. Ma la storia andava ancora oltre, sussurrando che il suo autore sarebbe stato visitato dal diavolo dell'anno 666 d.C.

Un giorno, all'improvviso le nuvole coprirono il cielo, gettando un manto di oscurità su Grottole. Da lontano arrivò un uomo con un mantello con cappuccio nero che gli copriva il capo, alto e con fisico possente. Si avvicinò al monaco che stava lavorando il terreno poco lontano dalla chiesa.

«Monaco.»

«Chi sei tu?» aveva chiesto il monaco con occhi increduli.

«Sono colui che ha il potere sugli inferi, il signore delle tenebre» aveva risposto l'uomo.

«Mio Dio, come posso essere certo che sei davvero tu il signore delle tenebre. Sei Lucifero?»

L'uomo con un balzo si avvicinò al monaco afferrandolo per la tunica. Mostrò il suo volto angelico ma con occhi rossi come il fuoco. Con voce arrabbiata rispose: «Sì, sono Lucifero, non è necessaria una prova, ma comunque ti darò una dimostrazione di chi sono e che sto dicendo la verità».

Il monaco rimase senza parole e non riusciva a distogliere lo sguardo dal suo viso.

Con un gesto calmo, il diavolo aveva estratto dall'incavo di un tronco d'albero poco distante una pignatta piena di monete.

«Ecco la tua prova» aveva detto al monaco.

«Cosa sei veramente? Cosa vuoi da me?» aveva domandato l'anziano, sconvolto.

Lucifero lasciò il monaco, che cadde a terra.

Il diavolo, con un sorriso che rivelava le sue intenzioni, si rivolse a lui: «Devi scrivere un libro che parli di me, come testimonianza della mia esistenza e della mia presenza qui. Ora verrai con me».

Prese il monaco per mano e, in un istante, lo aveva trasportato negli inferi.

«Monaco guarda cosa ti aspetta se non fai quello che ti ho ordinato.»

Lì, di fronte a orrori e visioni che sfidavano la comprensione umana, il monaco si era confrontato con la crudele realtà del regno demoniaco e della sua guida, il diavolo. Un viaggio senza ritorno, un patto che avrebbe cambiato il corso della sua esistenza e gettato un'ombra oscura sulla storia di Grottole.

«Se mi riporti indietro farò tutto quello che vuoi, che Dio abbia pietà della mia anima.»

Il diavolo aveva concesso al monaco di tornare dagli inferi, in cambio della scrittura del manoscritto.

La stanza in cui il manoscritto riposava emanava un'atmosfera di solennità e mistero, con pareti di pietra antica che sembravano avere occhi segreti. L'aria era carica di un'intensità palpabile, come se l'energia di secoli di custodia vigilante avesse impregnato ogni pietra e ogni spazio.

«È incredibile... Quanto desidero scoprire cosa ha reso così pericoloso il manoscritto...» disse Lucinda.

L'anziano monaco sollevò con delicatezza il libro e lo aprì con attenzione, rivelando intricati testi in latino e illustrazioni enigmatiche. Il loro sguardo si perse tra le parole e i disegni, cercando di decifrare il significato nascosto di ogni pagina.

Gregorio notò che sui disegni in piccolo c'era la sigla "LCF", mentre a pagina 666 trovò l'immagine di Lucifero: viso angelico con una tunica bianca. Sotto i suoi piedi c'erano i volti dei demoni.

«Il manoscritto racchiude il segreto del sangue, una conoscenza che può rivelare la vera natura degli esseri umani. È un potere che può essere sia benefico che distruttivo, e solo coloro che sono pronti a confrontarsi con la verità più profonda possono accedere a questa saggezza.»

«Il segreto del sangue...» ripeté Lucinda. «È qualcosa di così intimo, di così connaturato alla nostra esistenza. Ma cosa nasconde il manoscritto? Qual è la verità che si cela nel segreto del sangue?»

Era un cammino tortuoso, ma attraverso la conoscenza avrebbero potuto affrontare le sfide che li attendevano e proteggere il segreto che la storia stessa custodiva gelosamente.

CAPITOLO SEI

Lucinda e Gregorio continuarono a sfogliare il prezioso manoscritto, immersi nel passato di Grottole e nelle leggende che lo avvolgevano. Le pagine rivelavano racconti di riti magici per sconfiggere anime maligne, di esorcismi e incantesimi per proteggere il paese dalle forze oscure.

«Gregorio, il manoscritto non parla solo del diavolo. È stato arricchito con altri particolari. Sicuramente altre persone hanno scritto tutto quello che è accaduto a Grottole fino a oggi.»

Un racconto in particolare attirò la loro attenzione: la leggenda di una donna vestita di nero che si aggirava per le strade di Grottole di notte. Ogni volta che la figura misteriosa appariva, veniva trovato un cadavere con segni di morsi.

«Guarda, Gregorio, questo racconto parla di una donna vestita di nero che semina terrore nelle notti di Grottole. Gli abitanti erano terrorizzati da quelle morti misteriose e dai segni di morsi al collo. Cosa potrebbe significare?»

«È inquietante. Potrebbe essere collegato alla presenza del simbolo del drago che abbiamo scoperto nei luoghi chiave di Grottole. C'è un legame tra questa donna e la dinastia Drăculești di cui parla il medaglione, e tra lei e il segreto del sangue che custodisce il manoscritto.»

«La descrizione del posto in cui vive la donna vestita di nero è inquietante. Sono sempre più convinta che sia tutto collegato anche con la scomparsa delle persone. Gregorio, ci pensi? Un vampiro che gira per Grottole di notte e uccide e si ciba dei grottolesi.»

«La vedo una possibilità molto remota. Può essere che qualche esaltato si diverta a uccidere o che sia qualche animale.

Sto riflettendo sul luogo tenebroso, senza alcuna traccia di felicità, dove nemmeno un filo d'erba cresce. Dove potrebbe trovarsi un luogo del genere a Grottole? Potrebbe essere una grotta nascosta nelle vicinanze, o magari una vecchia dimora in rovina. Dobbiamo scoprire se ci sono posti che corrispondono alla descrizione.»

I due chiesero al monaco se avrebbero potuto dormire lì, in modo da ripartire il giorno seguente per Grottole. Il monaco li fece sistemare in due celle separate.

La mattina seguente si svegliarono all'alba, salutarono il monaco e ripartirono per Grottole. Mentre Lucinda e Gregorio facevano ritorno al villaggio, la storia della misteriosa figura vestita di nero, che tormentava l'architetto durante la costruzione della chiesa diruta, venne in mente a entrambi. Era un racconto che aveva affascinato la comunità locale per generazioni, un'ombra che si insinuava nella loro memoria ogni volta che si parlava di fenomeni inspiegabili.

«Gregorio, ricordo le storie sulle apparizioni della signora vestita di nero durante la costruzione della chiesa diruta. Era come se volesse impedirne la realizzazione, perché? Cosa avrebbe potuto temere da una semplice struttura di culto? La chiesa potrebbe nascondere un segreto, un antico potere o una conoscenza che la figura vestita di nero non voleva fosse rivelata. Potrebbe essere stata una forma di protezione o un tentativo di preservare qualcosa di prezioso.»

«È possibile. Spesso le leggende e i racconti nascondono verità, significati più profondi. Dobbiamo scavare nella storia della chiesa diruta e cercare indizi per capire ciò che la figura vestita di nero voleva impedire.»

«Sì, dobbiamo ripercorrere le testimonianze degli abitanti sulle leggende tramandate. Solo così potremo gettare luce su questa oscura figura e sul suo intento.»

Lucinda e Gregorio si immersero nella ricerca della verità e ascoltarono i racconti degli anziani del villaggio. Trascorsero lunghi momenti nella biblioteca del paese, scrutando antichi e polverosi documenti, libri e pergamene ingiallite. Ogni indizio, ogni parola scritta, li avvicina sempre di più alla comprensione del mistero che circondava la figura vestita di nero e la chiesa diruta. Emersero racconti di alchimia e magia, di segreti oscuri custoditi dai monaci che risiedevano nella chiesa. Si resero conto che il potere della chiesa andava oltre l'apparenza di una semplice struttura religiosa. C'era un'energia antica, un'intensità che risuonava ancora tra le sue mura.

«Secondo le testimonianze, la figura vestita di nero era un avvertimento, un guardiano che cercava di proteggere il segreto custodito nella zona in cui sarebbe sorta la chiesa» affermò la giovane.

«E qual era questo segreto? Cosa c'era di così importante che la figura vestita di nero voleva impedire?»

«Il racconto parla di qualcosa di antico non definito. Sembrerebbe che la chiesa diruta custodisse una saggezza oscura, un sapere che avrebbe potuto scuotere le fondamenta stesse della realtà.»

«Perché continuare a tormentare l'architetto?»

«Forse voleva metterlo in guardia, cercando di farlo desistere. Forse voleva spingerlo ad approfondire la sua conoscenza, a comprendere il valore del segreto che stava per essere svelato. Possiamo solo ipotizzare, Gregorio, ma una cosa è certa: dobbiamo entrare nella chiesa diruta.»

Il giorno dopo, Lucinda e Gregorio si avventurarono nella chiesa. Fin dal momento in cui varcarono la soglia, l'aria si fece densa e carica di una strana energia, come se il male aleggiasse intorno a loro. Una nebbia sottile avvolgeva la struttura, rendendo tutto ancora più surreale.

«Lucinda, guarda! È davvero affascinante e allo stesso tempo inquietante. Sembra che il tempo si sia fermato, come se il passato e il presente si sovrapponessero.»

«Questo luogo è carico di una strana atmosfera. Mi sembra di percepire la presenza di qualcosa di oscuro e sinistro. Ma dove potrebbe essere il simbolo del medaglione?»

I due scrutarono dall'esterno ogni angolo e ogni dettaglio della chiesa.

Finalmente trovarono il simbolo della rosa stilizzata inciso sul medaglione raffigurato sulla porta principale.

«Non possiamo rischiare di entrare senza sapere cosa troveremo. Abbiamo bisogno di qualcuno esperto nell'arte del combattimento e nell'uso delle armi. Potrebbe essere pericoloso affrontare questa sfida da soli.»

«Hai ragione, Gregorio. Dobbiamo essere prudenti. Non possiamo permetterci di mettere a rischio le nostre vite.»

Decisero, quindi, di allontanarsi il più possibile da quel luogo. Avrebbero chiesto aiuto a qualcuno che fosse a conoscenza dei segreti dell'oscurità, e che li avrebbe protetti e guidati nelle profondità della chiesa.

Si rivolsero a un caro amico di Gregorio, Alessandro, un abile combattente e conoscitore delle arti oscure. Il giovane, dopo aver ascoltato il racconto dei due amici, fu entusiasta di aiutarli ad affrontare la sfida. Con Alessandro al loro fianco, Lucinda e Gregorio si sentivano più sicuri e determinati che mai.

Capitolo sette

La notte scendeva su Grottole, gettando un manto di oscurità sul tranquillo paesino lucano. Le strade, poco prima animate dalla vita diurna, si avvolsero in un silenzio profondo, mentre i grottolesi si abbandonavano ai loro sogni ristoratori. Un inaspettato grido ruppe l'armonia della notte. Una figura sfrecciò fuori da una delle umili abitazioni, urlando con voce stridula nell'aria silenziosa.

«Il *monachicchio*! Stavo per prendergli il cappello!»

Il terrore era dipinto sul suo volto.

L'annuncio dell'incontro con la misteriosa creatura fece sobbalzare i sonnacchiosi residenti che, all'istante, si affacciarono alle finestre e riempirono le strade, scrutando l'oscurità alla ricerca di indizi. Il cuore di Grottole batteva all'unisono, mentre il mistero e la paura avvolgevano il paese, dando vita a una notte che sarebbe rimasta indelebile nella memoria degli abitanti.

Nel tumulto e nell'agitazione suscitati dal grido dell'abitante spaventato, un bambino curioso e affascinato dalle leggende locali chiese in un sussurro: «Ma chi è il monachicchio?».

Un anziano del paese, volendo rispondere alla sua domanda e spiegare meglio la minacciosa presenza evocata dal grido, si chinò verso di lui e iniziò a descrivere l'entità misteriosa.

«Il monachicchio è una creatura leggendaria, un folletto piccolo e birichino. Appare come un bambino di bell'aspetto, indossa un cappuccio rosso che è la chiave della sua magia. Questo cappello contiene dei tesori magici, che custodisce gelosamente.»

L'anziano continuò a spiegare le strane abilità del monachicchio. «Può apparire ai bambini, sia di giorno che di notte, e con loro trascorre molto tempo a scherzare e giocare, ma il suo gioco preferito è rincorrersi. Sa bene che, togliendogli il cappello, si potrebbero trovare monete d'oro al suo interno. Con gli adulti, invece, è meno benevolo: si diverte a fare scherzi, come tirare via le lenzuola dal letto, fare il solletico ai piedi, e persino legare le code di asini e muli. Nonostante i suoi scherzi possano sembrare innocenti, il monachicchio è noto per essere astuto. Promette grandi tesori a chi riesce a sottrargli il cappello, ma bisogna stare attenti, perché non sempre mantiene le promesse.»

Il bambino ascoltò con occhi spalancati, immaginando le avventure e le sfide che il monachicchio avrebbe potuto riservare.

Mentre l'anziano raccontava, l'atmosfera notturna di Grottole era carica di stupore e preoccupazione. Gli abitanti fecero ritorno alle loro case per riposare in vista del faticoso lavoro nelle campagne del giorno successivo. Sulla cittadina tornò il silenzio.

Poco dopo, una figura sinistra camminava con passo furtivo, vestita di nero, come un'ombra. Era la donna vestita di nero, il terrore notturno degli abitanti del villaggio. Il mantello scuro la avvolgeva completamente, nascondendo ogni tratto del suo corpo tranne i lunghi capelli castani, che sfuggivano dal cappuccio. Gli occhi, dal profondo color castano, brillavano di una luce sinistra, che sembrava scrutare l'oscurità stessa. Il viso della creatura mostrava tratti gentili, come se fosse stato plasmato con cura da una mano divina. Le sue guance paffute le conferivano un'aria di innocenza, ma tutto ciò era solo un inganno, un velo che nascondeva la sua vera natura di predatrice notturna. Con passo deciso si avvicinò a una modesta casa, posta in una strada appartata. Lì abitava una signora anziana, sola e indifesa.

La donna vestita di nero bussò delicatamente alla porta, cercando di non destare sospetti. La signora, ignara di ciò che si celava dietro quell'aspetto affascinante, aprì la porta con un sorriso gentile. La figura oscura entrò nella casa, lasciando che il mantello scivolasse lentamente dalle sue spalle. La sua presenza sinistra risuonava nell'aria. Con movimento felino si avvicinò all'anziana. Le sue mani, dall'aspetto delicato, erano in realtà artigli pronti ad afferrare e trascinare la vittima.

La donna vestita di nero svelò i suoi denti aguzzi, pronta a mordere e a succhiare il prezioso liquido scarlatto che scorreva nelle vene della donna. Fu allora che il terrone si impossessò degli occhi dell'anziana. La paura si diffuse nel suo cuore, ma era troppo tardi per fuggire all'orribile destino.

Nel mentre, un uomo passava adiacente all'abitazione della signora e fu attirato da una piccola luce. Guardò all'interno affacciandosi dalla finestra e vide una scena agghiacciante: una figura con un mantello che tratteneva la donna dalle spalle e si avvicinava al suo collo. Preso dalla paura si allontanò velocemente e lanciò un grido, un richiamo di aiuto che risuonò nell'oscurità della notte, interrompendo l'attimo di terrore.

La creatura voltò il capo verso la finestra. La sua fame era insaziabile, ma l'attrazione per quel grido di aiuto fu irresistibile. Con un ultimo sguardo alla sua vittima, la donna vestita di nero si dileguò nell'ombra, lasciando la casa nell'oscurità più profonda.

L'anziana, sconvolta, si ritrovò sola e salva, segnata per sempre dall'incontro con l'oscurità incarnata. Non avrebbe mai dimenticato il viso di quella figura affascinante e letale, l'orrore che aveva visto nei suoi occhi.

La donna vestita di nero si addentrò nelle strade di Grottole in cerca di chi aveva gridato, e spinta dalla fame aveva necessità di appagare la sua inesauribile sete di sangue. Il suo passo silenzioso e furtivo le permetteva di muoversi nell'oscurità senza destare sospetti, mentre i suoi occhi bramosi scrutavano ogni angolo in cerca di prede indifese.

Le case dormivano, ignare della presenza incombente di quel male oscuro. La donna avanzava spostandosi tra le strade deserte come un'ombra assetata di vita.

Nel buio della strada, il suo sguardo si posò su un bambino. Era solo, indifeso e vulnerabile, proprio come lo era stata lei un tempo lontano. Un istante di tenerezza attraversò il suo cuore e, per un attimo, il desiderio di diventare madre risuonò nelle sue profondità oscure.

Prese il bambino tra le braccia, avvolgendolo nel suo mantello. Sorrise, sperando in un nuovo inizio, una possibilità di redenzione. Ma la crudeltà del destino la colpì come un pugnale nel petto. Quello che avrebbe potuto essere un amore puro e materno si trasformò in un tormento inaspettato.

Nel momento in cui le sue labbra si avvicinarono al delicato collo del bambino, i suoi denti affilati rivelarono la vera natura della donna. La fame ancestrale che bruciava dentro di lei richiamò l'istinto primordiale, la sete di sangue che non poteva essere ignorata.

Era stata condannata a un'esistenza di tenebre, costretta a vagare di notte in cerca di vittime per sfamarsi. La sua anima era stata corrotta da un male oscuro, e non c'era via di ritorno. Ogni volta che il desiderio di affetto e di maternità si faceva strada nella sua mente, era respinto brutalmente dalla consapevolezza della sua vera natura. Si sentiva intrappolata in una spirale di solitudine e dolore. I ricordi di ciò che era stata, della vita che avrebbe potuto vivere, il desiderio di essere amata e di amare si scontravano con la sua condanna eterna.

Le strade di Grottole erano diventate il palcoscenico di un macabro balletto, in cui la donna vestita di nero danzava tra le ombre, lasciando dietro di sé una scia di terrore e morte. Non c'era posto per l'amore nella sua vita, solo il vuoto, il rimorso e la profonda solitudine.

Era consapevole che avrebbe dovuto vivere in eterno come una creatura della notte, perpetuando il suo ciclo di morte e distruzione. La sua anima era macchiata di sangue e il suo destino era irrevocabilmente segnato.

Così, nella profondità del suo essere, la donna vestita di nero aveva accettato la sua sorte con amarezza.

Nel frattempo, Alessandro vagava per le strade buie e deserte del paese. I suoi sensi acuti lo portarono a notare l'inquietante figura con il bambino tra le braccia. La riconobbe subito e, armandosi di coraggio, si avvicinò.

«Lascia stare quel bambino! Cosa vuoi da noi?» chiese Alessandro, tremando di rabbia.

La donna lasciò il bambino e si girò verso di lui con uno strano sorriso sul volto. «Un pasto servito con facilità, non devo più cercare» rispose con voce calma, ma con tono sinistro.

Prima che Alessandro potesse comprendere appieno il significato delle sue parole, la donna si scagliò contro di lui con una forza sovrumana. In un istante, lo afferrò e lo scaraventò violentemente contro il muro di una casa. Il giovane guerriero cercò di rialzarsi, sguainando la spada nel tentativo di difendersi.

«Difenditi, ti ucciderò!»

«Ti aspetto, non vedo un futuro per te qui. Il tuo sangue avrà sicuramente un buon sapore.»

Così si scagliò con tutta la sua forza contro la donna.

Lo scontro che ne seguì fu furioso e implacabile. Alessandro, nonostante la sua forza e abilità nella lotta, si trovava di fronte un'avversaria che sembrava essere ben oltre le sue capacità, rapida e agile, la cui forza sovrumana lo metteva in svantaggio. Il giovane lottò con tutte le sue forze, che cominciarono ad affievolirsi a poco a poco. Riuscì a infliggere un taglio superficiale alla creatura, ma la ferita non sembrò rallentarla.

«Questo è solo un graffio. È tutto qui quello di cui sei capace?»

«Stai attenta, ché la prossima volta sarò più preciso.»

Inaspettatamente, la donna si allontanò in fretta, dirigendosi verso la chiesa diruta, che si ergeva al di là delle strade deserte.

Alessandro, dolorante e stremato, cercò di rialzarsi per seguirla, ma le sue gambe cedettero stremate dalla fatica. Mentre giaceva lì, contemplando il cielo divenuto più chiaro per l'alba, comprese che il suo ruolo nella lotta contro le tenebre era appena cominciato. Determinato a scoprire la verità e a proteggere Grottole dal male che si nascondeva dentro la chiesa diruta, promise a se stesso di tornare più forte per il successivo incontro con la donna vestita di nero.

Lentamente, il giovane si alzò, la spada ancora stretta tra le mani. Aveva molta strada da percorrere, ma la sua determinazione era incrollabile. Con un ultimo sguardo alla chiesa, si diresse verso la sua dimora, preparandosi per il prosieguo della sua missione. La lotta tra la luce e le tenebre a Grottole era appena cominciata. Alessandro sarebbe stato pronto ad affrontare qualsiasi ostacolo per proteggere la sua amata terra e svelare i segreti celati nell'oscurità.

***

Le luci dell'alba iniziavano a illuminare il cielo, gettando una tenue luce sul paesaggio circostante. La chiesa diruta si stagliava imponente, avvolta in una nebbia sottile che sembrava danzare tra le sue rovine. I raggi del sole, con fatica, riuscivano a penetrare attraverso la nebbia, creando un'atmosfera surreale.

La donna vestita di nero si avvicinò alla chiesa, ogni passo deciso sembrava sostenuto da un'energia soprannaturale, mentre l'oscurità della sua figura si amalgamava perfettamente con l'atmosfera tenebrosa del luogo. Attraversò con cautela l'entrata principale della chiesa, spingendo le porte in legno decrepite, che cigolarono lamentandosi. Dentro, il silenzio era opprimente. I suoi passi risuonavano sordi sui pavimenti rovinati e la sua figura si rifletteva nei frammenti delle vetrate colorate che adornavano le finestre. La donna si inoltrò più a fondo, seguendo un'antica traccia che solo lei conosceva. Le colonne di pietra si ergevano maestose, quasi a sfidare il tempo che le aveva logorate. Le tele appese alle pareti mostravano immagini sbiadite di santi e angeli, che sembravano fissarla con occhi che conoscevano i suoi segreti più oscuri.

Arrivò, infine, alla cripta, il luogo di sepoltura nascosto sotto il pavimento della chiesa. L'aria era fredda e umida, e un'aura di mistero pervadeva quel luogo proibito. La cripta era illuminata da una fioca luce proveniente da un angolo remoto, dal quale, grazie a un'apertura nel soffitto, il sole filtrava attraverso la nebbia. La donna si avvicinò alla bara posta al centro della cripta, come se fosse lì ad aspettarla. Era un cofano scuro, intagliato con simboli antichi e segreti, che sembravano risuonare con un potere sinistro. Senza esitazione, si distese sulla morbida seta che rivestiva l'interno, lasciando che la sua figura si adagiasse nella bara, come se fosse tornata alla sua dimora.

La donna si abbandonò al sonno. I suoi capelli castani si diffusero intorno a lei come una cascata di seta scura, mentre il mantello nero si dispiegava intorno al suo corpo, come un'ombra avvolgente. Il suo respiro diventò calmo e regolare, e il sonno la trascinò in un mondo tenebroso e sconosciuto.

La donna si immerse in un regno di oscurità e antiche memorie. Visioni e sogni si intrecciarono nella sua mente, rivelando frammenti di verità, nascosti nelle pieghe del tempo. Era lì, nella sua cripta, in cui trovava pace e rinnovamento, aspettando l'arrivo della notte seguente per continuare la sua eterna danza tra la vita e la morte.

Il tempo trascorse in silenzio e solo quando il sole calò e le prime ombre raggiunsero Grottole, la donna vestita di nero aprì gli occhi. Il suo sguardo era intenso e profondo, come se avesse scrutato i segreti più oscuri dell'universo. Si alzò dalla bara con una grazia sovrannaturale. Con un passo deciso, si diresse verso l'uscita della chiesa diruta, pronta per la notte in cerca di cibo.

CAPITOLO OTTO

Alessandro, con il corpo dolorante e la mente ancora turbata dallo scontro con la donna vestita di nero, fece ritorno al castello di Grottole. Durante il cammino lungo il sentiero che conduceva alle mura di cinta, poteva sentire l'eco dei suoi passi risuonare nel silenzio della notte. L'aria fresca della mattina gli accarezzava il viso, portando un leggero sollievo alle sue ferite.

Arrivato alle maestose porte delle mura di cinta, fece scivolare la pesante porta di legno, aprendo il passaggio verso il castello. Il ponte levatoio si abbassò lentamente davanti a lui, rivelando il fossato che circondava la maestosa struttura. Attraversò il ponte, sentendo il legno scricchiolare sotto i suoi piedi.

Oltrepassata la soglia del castello, Alessandro si ritrovò nel cortile interno, circondato dalle alte mura di pietra che lo proteggevano dagli occhi indiscreti. Il suono dei suoi passi risuonava nel vuoto, mentre si dirigeva verso la sala del trono.

La sala del trono era un ambiente sontuoso, con pareti decorate con stendardi e arazzi che raffiguravano le gesta dei nobili passati. Il soffitto a volta era adornato con affreschi che narravano le storie della dinastia regnante. Un grande trono di legno intarsiato si ergeva maestoso al centro della sala.

Alessandro si avvicinò al trono e si inginocchiò davanti al sovrano. Il re, un uomo anziano con il volto solenne e la barba grigia, lo guardò con occhi saggi e interrogativi. La luce del sole filtrava dalle finestre ad arco, creando un'aura dorata intorno al monarca.

«Vostra maestà,» iniziò Alessandro con voce stanca ma decisa «ho affrontato la creatura della notte che minaccia il vostro regno. La donna vestita di nero, con una sete insaziabile di sangue. Ho combattuto con tutte le mie forze, ma la mia spada ha faticato a ferirla. Il suo potere era oscuro e sovrumano.»

Il re ascoltò attentamente le parole del giovane, scrutandolo con sguardo penetrante. Dopo un momento di silenzio, parlò con voce calma: «Alessandro, hai dimostrato grande coraggio e abilità nello scontro con questa creatura. Dobbiamo affrontare la minaccia. Dobbiamo trovare il modo di sconfiggerla e proteggere il nostro popolo».

Alessandro annuì, accettando la sfida che gli era stata affidata. Sentiva il peso della responsabilità sulle sue spalle. Si alzò, pronto per la fase successiva della sua missione.

Mentre lasciava la sala del trono, il pensiero della lotta con la donna vestita di nero lo tormentava. Era determinato a scoprirne il segreto e a sconfiggerla definitivamente.

Si diresse verso la sua stanza nel castello. Aveva bisogno di riposo e di riflessione sulla sua prossima mossa. La sua spada e il suo coraggio sarebbero stati messi a dura prova ancora una volta, ma era pronto ad affrontare qualsiasi situazione per salvare la sua amata Grottole.

***

Il re si ritirò nella sua camera privata, lasciando che i pensieri fluissero liberamente nella sua mente. Si sedette sul suo trono, illuminato solo da una piccola luce proveniente da una finestra. La stanza era avvolta da un'atmosfera solenne e silenziosa, che consentiva al sovrano di riflettere senza distrazioni. Le parole di Alessandro risuonarono nella sua mente, mescolandosi con le preoccupazioni che da tempo lo affliggevano.

Chi sei tu, ombra che si cela nell'oscurità? Quali segreti nascondi dietro il tuo sguardo freddo e la tua sete di sangue? Non posso permettere che il mio popolo viva nell'incubo.

I pensieri del re fecero eco nella stanza vuota. Decise che avrebbe convocato il consiglio di guerra, riunendo le menti più sagge e coraggiose del regno per affrontare la minaccia.

Il giorno successivo, la sala del consiglio fu preparata per l'importante riunione. Lunghe tavolate di legno furono disposte, e sopra di esse furono adagiati scrigni pieni di pergamene e mappe. I membri del consiglio presero posto, ognuno portando con sé la saggezza e l'esperienza delle rispettive aree di competenza.

Il re si sedette sulla sua sedia al centro del tavolo. Il suo sguardo scrutava i volti dei presenti, cercando comprensione e supporto nelle loro espressioni. Era giunto il momento di agire.

«Signori,» iniziò con voce decisa «abbiamo di fronte una minaccia che mette a repentaglio la pace e la sicurezza del nostro regno. Una donna vestita di nero, con poteri oscuri e una sete insaziabile di sangue, semina terrore nelle nostre terre. Dobbiamo scoprire la sua vera identità e trovare il modo per sconfiggerla.»

I membri del consiglio, preoccupati, iniziarono a esporre le loro teorie e idee su come affrontare la minaccia. Strategie di combattimento, ricerche storiche e conoscenze arcane furono messe sul tavolo.

Dopo un'accesa discussione, il re prese la parola. «Dobbiamo unire le nostre forze e concentrare le risorse per raccogliere informazioni sulla misteriosa identità. Le sentinelle dovranno essere rafforzate, i ricercatori dovranno indagare sui testi antichi e i maghi dovranno utilizzare i loro poteri per cercare indizi nel regno e oltre.»

Un comandante propose di convocare Gregorio.

***

Gregorio ricevette la convocazione del re attraverso un messaggero reale che gli consegnò il sigillo di corte. Pur essendo un onore e un privilegio, la convocazione rivelava la gravità della situazione.

Senza esitazione, Gregorio decise di portare con sé Lucinda, la sua compagna di avventure e confidente, certo che sarebbe stata di grande supporto.

Si prepararono rapidamente per andare al castello. Indossarono abiti eleganti ma funzionali, pronti per affrontare qualsiasi eventualità. Gregorio portò con sé alcuni dei suoi preziosi volumi e delle sue mappe.

Mentre attraversavano le strade di Grottole, Gregorio e Lucinda attirarono l'attenzione di molti abitanti del villaggio. La loro fama di avventurieri e studiosi li precedeva e la gente si voltava a guardarli con rispetto e curiosità. Continuarono a camminare con passo sicuro verso il castello.

Giunti alle maestose porte della dimora, furono accolti dalle guardie che li condussero attraverso i cortili e i corridoi, fino alla sala del trono. Appena Gregorio e Lucinda entrarono nella sala, il re si alzò dal suo seggio.

«Gregorio, ti ringrazio per aver risposto alla mia convocazione, e sono davvero felice di vedere Lucinda con te. Benvenuta» disse il re con tono solenne. «Ho ricevuto informazioni sulle vostre imprese, e ho bisogno della vostra conoscenza e saggezza per affrontare il flagello che incombe su Grottole.»

Gregorio si inchinò rispettosamente e rispose con voce calma ma decisa. «Siamo onorati di essere qui, sire. Siamo pronti a offrire il nostro aiuto e le nostre competenze per il bene del regno.»

«Penso che avete saputo di quello che succede a Grottole.»

Gregorio rispose: «Certo, sire, abbiamo fatto delle ricerche per conto nostro e pare che siamo giunti quasi a una soluzione».

Il re annuì apprezzando la risposta e poi si rivolse a tutto il consiglio di guerra. «Ho chiamato Gregorio perché lui e Lucinda hanno esperienze uniche e una vasta conoscenza del mondo. Abbiamo bisogno di scoprire l'identità e le intenzioni della donna vestita di nero.»

Gregorio si avvicinò al tavolo del consiglio. Iniziò a parlare con voce sicura, raccontando le leggende e le storie che aveva studiato, offrendo indizi e possibili spiegazioni sulla misteriosa figura. Lucinda si sedette accanto a lui, pronta a intervenire e a esporre le sue intuizioni.

Il consiglio ascoltò attentamente; i due apportarono una nuova prospettiva alla ricerca della verità. Dopo un lungo tempo di discussione e analisi, il re prese nuovamente la parola.

«Gregorio, Lucinda, la vostra dedizione e il vostro impegno sono inestimabili per la sicurezza del regno. Ho preso una decisione. Voi due continuerete con le vostre ricerche per scoprire tutto su questa misteriosa figura. Nel frattempo, rafforzerò la sorveglianza nel villaggio, aumentando il numero delle guardie. Nessuno dovrebbe sentirsi insicuro nelle nostre strade. Finalmente dopo tutti questi anni siamo vicini a scoprire la verità.»

I due amici, consapevoli che la situazione avrebbe richiesto maggiori risorse e abilità, si rivolsero al re chiedendo ulteriore supporto. Affrontare la donna vestita di nero richiedeva una forza superiore.

«Sire,» disse Gregorio con rispetto «abbiamo bisogno di un gruppo di cavalieri esperti e coraggiosi per affrontare la minaccia. Avevamo pensato di rivolgerci ad Alessandro.»

«Avete ragione» annuì il re. «La vostra richiesta è giusta. Vi daremo il sostegno necessario. Alessandro, uno dei nostri più valorosi cavalieri, sarà a vostra disposizione.»

Alessandro si unì a loro. Gregorio e Lucinda ringraziarono il re per la fiducia che aveva riposto in loro.

Il sovrano li guardò negli occhi. «Il destino di Grottole è nelle vostre mani. Siate coraggiosi. Scoprite l'identità della donna e il suo proposito. Il regno conta su di voi.»

Gregorio e Lucinda si inchinarono di fronte al re e, uniti nel loro impegno, lasciarono la sala del trono.

CAPITOLO NOVE

Nella penombra della notte, la donna vestita di nero si muoveva silenziosamente per le strade di Grottole, emanando un'aura di terrore e morte. I suoi passi erano leggeri e agili, mentre scrutava con occhi penetranti gli abitanti della città, in cerca di vittime.

In una strada deserta, illuminata dalla fioca luce delle lanterne, la donna, con una lentezza inquietante, si avvicinò all'orecchio di un uomo solitario, sussurrando: «Sei la mia cena, il tuo sangue ha un buon profumo».

L'uomo, immobilizzato dalla paura, non riuscì nemmeno a urlare mentre la donna affondava i denti affilati nel suo collo. Dopo alcuni secondi lasciò cadere il corpo dell'uomo senza vita. Proseguì la sua ricerca di cibo, e la donna continuò per la strada fino ad arrivare in un vicolo dove vide una modesta abitazione, in cui una famiglia si preparava per la notte. La madre dei bambini passò per rimboccare le coperte e per il bacio della buona notte. La signora ritornò in camera da letto e dopo aver spento le candele si coricò con il marito.

La donna si avvicinò al letto matrimoniale, fissando i coniugi con i suoi occhi rossi. Con un movimento rapido e silenzioso prese prima la vita della donna e poi quella dell'uomo, lasciando dietro di sé il silenzio.

Dopo aver saziato la sua fame, la donna vestita di nero lasciò la casa per poi scomparire nelle tenebre. Le sue azioni erano spietate e precise, come se eseguisse un oscuro itinerario che solo lei conosceva. Ogni vittima era selezionata con cura. Ogni morso al collo era un passo avanti verso l'obiettivo finale.

L'oscurità, sua alleata, le permetteva di sfuggire alla vista di chiunque cercasse di interrompere il suo macabro cammino.

Gli abitanti di Grottole erano intrappolati in un vortice di paura e disperazione. La notte era diventata un'ombra minacciosa, e l'unico pensiero che li tormentava era il terrore di diventare le prossime vittime della donna vestita di nero.

***

Mentre la città affrontava la sua più grande sfida, Gregorio, Lucinda, Alessandro e i cavalieri erano in cerca di indizi, provando a decifrare i segreti che circondavano la figura enigmatica.

La biblioteca del castello si aprì davanti a Lucinda e Gregorio come un regno di conoscenza. I loro occhi si riempirono di meraviglia, mentre si inoltravano tra i corridoi affollati di scaffali di legno scuro, che reggevano una vasta collezione di libri, manoscritti e pergamene. La stanza emanava un'antica saggezza, con il caratteristico profumo delle pagine vecchie e la polvere sottile che danzava nell'aria.

Le pareti erano rivestite di legno intagliato, decorato con motivi intricati. Al centro della stanza, un grande tavolo di legno massiccio era coperto di pergamene aperte e libri dal dorso scolorito. Sapevano di aver trovato il luogo perfetto per svolgere la loro ricerca.

Tra le innumerevoli opere che si estendevano su scaffali alti fino al soffitto, un vecchio rotolo di pergamena attirò l'attenzione di Lucinda. Era delicatamente avvolto, quasi nascosto tra altri documenti, come ad aspettare di essere scoperto. Lucinda lo prese con cura, vide il sigillo del re di Napoli mentre i suoi occhi scivolavano sulle parole scritte con inchiostro sbiadito.

La pergamena narrava una storia, accaduta tanto tempo prima. Raccontava di una fanciulla di nome Elisabeth, giunta a Grottole da Napoli, che portava con sé un segreto che avrebbe scosso il villaggio. Elisabeth era una figura misteriosa, di grande bellezza e fascino, ma celava dentro di sé una vita avvolta nell'oscurità. Lucinda continuò a leggere la pergamena con attenzione e chiamò Gregorio.

Elisabeth si insediò nella città con uno scopo ignoto. La sua presenza era circondata da un alone di mistero.

Lucinda e Gregorio, leggendo la descrizione di Elisabeth, rimasero sorpresi nello scoprire che la giovane proveniva dalla Transilvania ed era stata fatta arrivare a Napoli per salvarle la vita. Continuando a leggere fecero una scoperta che li fece rimanere senza fiato.

«Gregorio, hai letto che Elisabeth è la figlia di Vlad III, signore della Transilvania?»

«Sì. Continua a leggere, la donna portava al collo un ciondolo rotondo.»

Lucinda esaminò attentamente i dettagli delle incisioni del medaglione. I simboli sembravano appartenere a un linguaggio sconosciuto, evocavano una sensazione di misticismo e potere antico. Il medaglione aveva un profondo significato e un ruolo importante nella storia che si stava svelando.

La correlazione tra Elisabeth e la donna vestita di nero aprì nuove prospettive e interrogativi. Quel ciondolo rappresentava una pista importante per svelare la verità nascosta dietro gli eventi inquietanti che stavano affliggendo la loro amata città.

Con un senso di rinnovata determinazione, decisero di approfondire la conoscenza del medaglione, esaminando libri, pergamene e testi antichi nella biblioteca del castello. Speravano di trovare indizi che li avrebbero potuti avvicinare alla soluzione del mistero, alla verità celata dietro la figura della donna vestita di nero e al destino di Elisabeth.

Lucinda e Gregorio si resero conto che, a ogni passo avanti della loro ricerca, la tensione e l'oscurità, celate dietro i segreti di Grottole, si facevano sempre più intense. Era una lotta contro il tempo per proteggere la città e svelare la verità nascosta.

Gregorio si trovava immerso in un mare di pensieri, la mente traboccante di ricordi e racconti che aveva ascoltato durante il tempo trascorso in Transilvania. Ricordò una storia particolare che gli era stata narrata dai suoi amici durante una serata intorno al fuoco.

La storia parlava dell'invasione degli Ottomani e dello scontro con Vlad III, meglio conosciuto come Vlad l'Impalatore o Dracula. Secondo la leggenda, durante l'invasione, Vlad III fu sconfitto. Ciò che sorprese Gregorio fu il dettaglio riguardante i figli di Vlad.

Si raccontava che, durante la sua cattura, gli Ottomani trovarono solo due dei tre figli del principe, perché la figlia era scomparsa. La fanciulla, di nome Elisabeth, era stata mandata lontano per proteggerla.

Gregorio non avrebbe mai potuto immaginare che la misteriosa Elisabeth fosse sepolta a Grottole nella chiesa diruta. Le vicissitudini della chiesa, il suo crollo e le azioni contro la sua costruzione avevano finalmente un senso.

«Elisabeth, sebbene si sia nascosta nel passato, è emersa dal buio per reclamare il suo regno. La sua presenza spiega il terrore che si è diffuso tra le strade di Grottole, le morti misteriose, i cadaveri con i morsi al collo. La sua sete di potere e vendetta è palpabile; la chiesa diruta, con la sua cripta segreta, è diventata il suo regno oscuro.»

«Gregorio, ti rendi conto che dobbiamo sconfiggere un vampiro, ma non uno qualsiasi, la figlia di Dracula!»

«Non avrei mai immaginato che la figlia di Dracula potesse arrivare qui a Grottole.»

L'uomo si rese conto che sconfiggere la donna vestita di nero e riportare la pace a Grottole era più arduo di quanto avrebbe potuto immaginare. Si trattava di una lotta contro un'entità sovrannaturale, con forza e determinazione senza pari.

Bisognava rivelare la verità al re e riunire nuovamente il consiglio di guerra. La storia di Elisabeth e la sua relazione con la famiglia di Dracula dovevano essere conosciute da tutti, poiché solo unendo le forze avrebbero potuto affrontare la minaccia che incombeva su Grottole.

La riunione con il re e il consiglio di guerra fu convocata solennemente nella sala del trono del castello. Gregorio espresse tutto ciò che aveva scoperto, presentando le prove e facendo appello alla responsabilità di ognuno di combattere al suo fianco.

Le voci degli altri membri del consiglio si unirono a quella dell'uomo. La sala del trono risuonava di discorsi accesi e di strategie elaborate.

Il re prese una decisione coraggiosa, sapendo che la sopravvivenza di Grottole era in bilico.

«Uniamoci per sconfiggere questa minaccia oscura che ci ha tormentato per troppo tempo. Mobilitate le forze, preparate le armi e organizzate la difesa della nostra città. Iniziamo una caccia senza tregua per trovare Elisabeth, svelare la verità e porre fine al suo regno del terrore.»

Le parole del re risuonarono nella sala, suscitando un senso di fiducia e determinazione. Era giunto il momento di agire.

La guerra tra luce e oscurità stava per raggiungere il suo culmine, il destino di Grottole e delle sue anime coraggiose era appeso a un filo.

Le strade del paese erano pervase da un'atmosfera di tensione mentre i soldati sorvegliavano instancabilmente, cercando di proteggere la città dall'incursione di Elisabeth. Tuttavia, la presenza di un numero maggiore di persone per le vie rappresentava un'opportunità ghiotta per Elisabeth, che si nutriva della loro paura e della loro vita.

***

Mentre le ombre danzavano tra gli angoli bui delle strade, la donna emerse dal nulla, avvolta nel suo mantello nero, gli occhi scintillanti di desiderio. Sorrideva maliziosamente, mentre osservava la scena di terrore che si dipanava intorno a lei.

Un soldato, ignaro del pericolo che si nascondeva nelle tenebre, passò accanto alla donna, che lo fissò con occhi affamati.

«Oh, quanto mi compiace questa nuova abbondanza di persone che vagano per le strade di Grottole. Le tenebre si nutrono del loro terrore, e io mi nutro di loro» disse con voce morbida e sinistra.

Il soldato si pietrificò, il suo sguardo impaurito incrociò quello di Elisabeth. «Chi... chi sei tu? Cosa vuoi da noi?» balbettò.

Elisabeth si avvicinò lentamente al soldato, e la sua presenza sovrannaturale lo avvolse come un abbraccio sinistro.

«Sono Elisabeth, la regina delle tenebre. E voi siete solo pedine nel mio gioco. Questa città mi appartiene, e presto ogni anima che la popola sarà soggiogata dalla mia volontà.»

Il soldato cercò di tenere ferma la propria voce, lottando per mantenere una traccia di coraggio. «Non permetteremo che tu prenda il controllo di Grottole. Combatteremo finché avremo vita!»

Elisabeth rise cupamente e la sua risata echeggiò nelle strade deserte. «Oh, piccola e insignificante resistenza. Non hai idea di cosa sei destinato ad affrontare. I tuoi sforzi saranno vani e le tue speranze saranno schiacciate.»

Mentre parlava, Elisabeth si avvicinava sempre di più al soldato, la sua figura sinistra si stagliava contro la luce fioca delle lanterne. Afferrò il giovane per la corazza e il suo sorriso mostrò i denti aguzzi. «Ma non preoccuparti, piccola anima. La tua morte sarà rapida, e la tua essenza si unirà a quella degli altri che ho già strappato a questa città. Presto Grottole sarà completamente mia.»

Con forza affondò i suoi denti nel collo, e trascinò il suo corpo a terra, così poteva succhiare meglio. Mentre si cibava il sangue del soldato sgorgava dal collo per scendere sull'armatura e finire sul terreno, creando una piccola pozza rossa. Il giovane esalò il suo ultimo respiro abbandonandosi alla morte.

Con un movimento repentino, Elisabeth scagliò il soldato lontano da sé, lasciandolo cadere a terra, privo di vita. Si avviò con passo fermo, dissolvendosi tra le ombre, pronta a cercare una nuova vittima.

La sua risata inquietante risuonò per le strade deserte, testimone del suo dominio, che si faceva sempre più oscuro e impenetrabile.

***

Lucinda e Gregorio si prepararono accuratamente per l'arduo compito che li attendeva: affrontare la regina delle tenebre. Avevano appreso dai loro studi e dalle antiche leggende che solo con metodi specifici avrebbero potuto contrastare la sua forza.

Armati di paletti di legno, aglio e crocifissi, si incamminarono verso il rifugio di Elisabeth. La notte era calma e il vento sussurrava tra gli alberi, portando con sé un'aria densa di apprensione. Lungo il loro tragitto, le ombre sembravano allungarsi e prendere vita.

CAPITOLO DIECI

Lucinda, Gregorio, Alessandro e i soldati si trovarono davanti ai maestosi resti della chiesa diruta. Le pietre antiche si stagliavano contro il cielo, mentre il vento sibilava tra le crepe e gli spiragli delle mura. Alessandro diede ordine ai soldati di circondare la chiesa e perlustrare il suo perimetro, e di avvisare se avessero visto qualcosa o qualcuno.

«Guardate questa chiesa» sussurrò Lucinda. «Ha vissuto tempi passati di gloria e devozione. Ora è solo un'ombra del suo antico splendore.»

Gregorio annuì, osservando attentamente la struttura in rovina. «Sì, è incredibile pensare a quante storie e segreti possano celarsi tra queste pietre.»

I tre entrarono e cominciarono a curiosare in giro. Avevano paura, ma spinti dal senso di responsabilità e dalla curiosità si fecero coraggio e decisero di esplorare ogni angolo della chiesa, determinati a scoprire cosa nascondeva. Lucinda e Gregorio notarono una porta di legno che sembrava emergere da un cumulo di rovine, nascosta, come se il tempo e l'abbandono avessero cercato di cancellarne l'esistenza.

«Quella porta potrebbe essere la chiave per svelare i segreti di questa chiesa» disse Gregorio con entusiasmo.

Lucinda si avvicinò, ammirando le intagliature intricate che la adornavano. «È meravigliosa. Chissà cosa troveremo.»

Cominciarono a liberare la porta dai detriti che la circondavano, rimuovendo con cura rovi e radici che si erano intrecciati intorno a essa nel corso del tempo.

«Deve esserci un modo per aprirla» rifletté Lucinda, passando le dita sulle intagliature, alla ricerca di qualche indizio.

Gregorio annuì. «Probabilmente ci sarà una chiave o un meccanismo nascosto. Dobbiamo essere pazienti e scrutare attentamente.»

Esaminarono minuziosamente la porta, sperando di trovare una soluzione. Poi, improvvisamente, Lucinda notò una piccola sporgenza, appena percettibile, simile a un'incisione.

«Gregorio, guarda qui!» esclamò, puntando verso la sporgenza. «C'è un simbolo inciso. Potrebbe essere la chiave per aprire la porta.»

Lentamente, cominciarono a toccare e ruotare il simbolo, sperando che avrebbe potuto rivelare il segreto dell'apertura della porta.

Dopo alcuni tentativi, sentirono un lieve scatto e la porta iniziò a scorrere di lato, aprendo un varco verso l'ignoto.

Si guardarono negli occhi, pronti ad affrontare ciò che li attendeva al di là della porta.

«Finalmente!» disse Gregorio con voce ferma. «Abbiamo trovato la via per svelare i misteri di questa chiesa e, forse, anche della donna vestita di nero.»

Con passo deciso varcarono la soglia.

Una debole luce si diffondeva dalle fessure nella volta, illuminando il cammino di pietra che si snodava nel buio. Ogni passo risuonava come un'eco misteriosa. Si addentrarono nelle viscere della terra aiutati dalle torce.

Le pareti di pietra, consumate dal tempo, erano ornate da affreschi, con sfumature oscure e figure sinistre. Creature spaventose sembravano sbucare dalle profondità dei dipinti, quasi a voler avvertire gli avventurieri del pericolo che si nascondeva oltre la soglia. Le fiamme tremolanti delle candele, collocate strategicamente lungo le pareti, creavano ombre inquietanti, conferendo alla cripta un'atmosfera di mistero e desolazione.

Attraverso un intricato labirinto di corridoi angusti, giunsero di fronte a un'altra porta di legno scolpita. La sua superficie intarsiata raccontava storie perdute nel tempo, come se le figure scolpite volessero raccontare la loro verità.

Lucinda poggiò la mano sulla porta, sentendo la rugosità del legno, e spingendola delicatamente fece scattare la serratura arrugginita.

La porta cigolò, rivelando una stanza sepolta dall'oblio. L'aria era carica di un odore acre di polvere e di segreti nascosti da secoli. Una luce fioca creata dalle torce gettò un bagliore spettrale su un altare dimenticato. Lucinda si avvicinò all'altare ornato di simboli indecifrabili.

Sulle pareti, affrescate con maestria, erano raffigurate scene oscure e criptiche. Creature mitologiche e demoni tormentati sembrava danzassero, come a cercare di liberarsi dalle loro prigioni dipinte. Era come se le pitture volessero racchiudere la storia di un passato in cui il male e il soprannaturale dominavano il mondo. Si trovarono di fronte alla bara di Elisabeth, che si ergeva solenne nel cuore della cripta. Con un misto di trepidazione e speranza, si avvicinarono lentamente. Con un movimento deciso, aprirono la bara, ma rimasero sorpresi nel vedere che era vuota. Non c'era traccia della donna.

«Deve essere uscita dalla cripta in cerca di cibo» disse Lucinda con voce preoccupata. «Non possiamo permetterle di fare ancora del male.»

Gregorio annuì.

Con animo risoluto, Lucinda, Gregorio e Alessandro uscirono dalla cripta e si diressero verso l'esterno della chiesa. Il cielo stellato si stagliava sopra di loro, mentre percorrevano le strade di Grottole, pronti a rintracciare Elisabeth e porre fine al suo regno del terrore.

«Dobbiamo trovare un modo per farla finire in trappola. Qualcosa che la incuriosisca e ci dia la possibilità di mettere fine alla sua sete di sangue» disse Gregorio.

Lucinda annuì, pensando a un piano. «Forse possiamo utilizzare noi stessi come esca. Attirarla in un luogo isolato e utilizzare i nostri mezzi per sconfiggerla.»

***

Elisabeth avanzava con passo sicuro tra le strade di Grottole, emettendo un sinistro sibilo che faceva tremare il cuore di chiunque l'udisse. I soldati, che tentavano di fermarla, venivano abbattuti con facilità, le loro armi erano inutili contro la sua forza sovrumana.

«Guardate cosa avete ottenuto con i vostri patetici tentativi!» esclamò, ridendo con malvagia soddisfazione. «Pensavate davvero che delle croci e dell'aglio potessero fermarmi? Siete così ingenui! Sono immortale, invincibile!»

I cittadini, terrorizzati, si arroccavano dietro le porte delle loro abitazioni, pregando per la salvezza, impotenti difronte alla distruzione che la donna vestita di nero stava seminando.

***

«È troppo potente, non possiamo competere con la sua forza» sussurrò Lucinda con voce tremante, mentre camminavano in direzione della casa di Gregorio. In lontananza, udivano grida feroci.

Gregorio serrò i pugni, lottando contro la disperazione. «Non possiamo arrenderci. Dobbiamo trovare un'alternativa, un modo per indebolirla.» Forse abbiamo sottovalutato la sua natura. Dobbiamo scoprire il suo punto debole, qualcosa che possa danneggiarla» affermò Gregorio.

Le urla dei cittadini si intensificavano, seguite da cupo silenzio. Elisabeth si era allontanata, lasciando dietro di sé un sentiero di morte.

***

Lucinda e Gregorio avevano lasciato da poco la chiesa diruta e decisero di ritornare dall'anziano monaco della chiesa di San Tommaso, portando con sé anche Alessandro. Era la loro ultima speranza, una fiamma di luce nella tempesta oscura.

Durante il cammino verso il santuario, i tre erano in silenzio, spaventati da quello che avevano visto nella chiesa diruta. Lucinda all'improvviso commentò l'assurda situazione nella quale il feudo era caduto.

Gregorio disse: «Non è un caso isolato, una volta trovai per strada una donna anziana, visibilmente sconvolta. Era vestita con abiti logori e aveva gli occhi gonfi di lacrime. Preoccupato, chiese se avesse bisogno di aiuto. La donna si asciugò le lacrime e iniziò a raccontare che aveva iniziato la sua giornata come al solito, svegliandosi prima dell'alba. La sua abitazione si trovava nelle vicinanze della chiesa di San Rocco. Uscendo da casa aveva notato una situazione insolita. La chiesa, di norma silenziosa, era animata da una strana attività. Si stava celebrando una messa al suo interno. Curiosa, e un po' spaventata, si era avvicinata nei pressi della chiesa, dove c'erano alcune persone radunate. La signora aveva chiesto gentilmente di poter entrare e assistere alla messa. Le aveva risposto un uomo che si trovava davanti alla porta. Le aveva detto con voce grave che non poteva entrare. Sorpresa e sconvolta, la signora aveva chiesto spiegazioni, non riuscendo a comprendere il motivo del rifiuto».

Gregorio fece una piccola pausa e Lucinda, presa dalla storia, disse: «Gregorio, continua, non ci lasciare in sospeso».

«Dicevo... La donna si sentì rispondere: "Mi dispiace, ma questa messa non è destinata alle persone vive. È un rito in memoria dei defunti. Qui si prega per le anime dei morti, non per quelle dei vivi". L'uomo le rivolse uno sguardo compassionevole. La donna era rimasta attonita, incapace di capire appieno il significato di quelle parole. Aveva avuto la sensazione di aver attraversato la soglia tra il mondo dei vivi e quello dei morti. La sua era una presenza indesiderata. Non sapeva come reagire a quella situazione così inusuale». Gregorio specificò che la parte più particolare del racconto della signora stava arrivando. «Inoltre, tornando dalla chiesa di San Rocco, la donna aveva notato, in lontananza, una processione. Era una scena straordinaria, con persone vestite in abiti cerimoniali e candele che risplendevano come se fosse giorno. Era come se il tempo si fosse fermato, e la processione avesse gettato un'ombra ancor più inquietante sulla sua strana esperienza all'interno della chiesa. Sui davanzali delle finestre e sulle soglie delle porte, lungo il percorso che la signora aveva descritto essere quello della processione, c'erano piatti abbondanti di pasta con le lenticchie, fagioli e altri cibi tradizionali. Era una vista insolita e misteriosa; quelle pietanze erano spesso associate alle cerimonie funebri e alle tradizioni legate ai defunti.»

I due amici rimasero stupiti e senza parole per qualche istante, cercando di elaborare il racconto di Gregorio. Era davvero possibile l'esistenza di un rito così misterioso e inquietante proprio nella loro comunità?

Mentre i tre camminavano verso il monastero, il cielo si oscurò e un vento gelido si levò. L'oscurità avvolse Grottole, amplificando la minaccia di Elisabeth. Lucinda si strinse a Gregorio, cercando conforto nel suo abbraccio.

«Non possiamo permettere che Grottole cada nelle sue mani» dichiarò Alessandro con voce ferma. «Dobbiamo trovare il modo per fermarla.»

***

Il giorno seguente arrivarono alla chiesa di San Tommaso, e trovarono il monaco seduto nella penombra di una quercia. L'anziano ascoltò attentamente il racconto dei tre.

«Sono ben consapevole della minaccia che Elisabeth rappresenta per Grottole» disse con voce calma. «Ho studiato gli antichi testi e le leggende che circondano le creature della notte. Sono certo che esista il modo per sconfiggerla, ma non sarà facile.»

Gregorio si avvicinò al monaco, gli occhi pieni di speranza. «Per favore, ci racconti tutto ciò che conosce. Ogni informazione potrebbe fare la differenza.»

Il monaco annuì e iniziò a raccontare la storia di un antico talismano, nascosto da secoli nella cripta della chiesa. Si raccontava che il talismano avesse il potere di indebolire i vampiri, rendendoli vulnerabili alle armi tradizionali. Era un oggetto di grande potenza, difficile da trovare e ancora più difficile da utilizzare correttamente.

«Il talismano si chiama "pietra dell'ambra"» continuò il monaco. «Rappresenta la luce che può dissolvere le tenebre. Dovrete affrontare prove difficili per ottenerlo, ma, una volta che sarà nelle vostre mani, avrete la possibilità di sconfiggere Elisabeth.»

Il talismano dell'ambra aveva un potere antico e leggendario, era dotato di proprietà magiche che potevano influenzare e indebolire le creature delle tenebre. Molti poteri erano racchiusi in lui. Innanzitutto, il talismano emanava una luce brillante e purificante, capace di dissipare le ombre e le energie oscure che circondavano i vampiri. La luce dell'ambra, invece, poteva indebolire la forza vitale di Elisabeth e renderla più vulnerabile agli attacchi. Grazie al "sigillo di restrizione", inoltre, il talismano dell'ambra, utilizzato correttamente, poteva creare un sigillo magico che impediva alle creature delle tenebre di utilizzare i loro poteri più letali. La "protezione divina", poi, agiva contro le influenze maligne. Coloro che portavano con sé il talismano erano avvolti in un campo di energia positiva, che li preservava dagli attacchi di Elisabeth e dalle sue maledizioni. Attraverso la "guida spirituale", il talismano dell'ambra poteva fungere da guida per coloro che lo possedevano, fornendo intuizioni, visioni o indicazioni su strategie e tattiche da adottare per sconfiggere Elisabeth. Poteva rivelare informazioni nascoste e suggerire modi per neutralizzare i poteri della creatura della notte.

Tuttavia, l'oggetto non era infallibile, la sua efficacia sarebbe dipesa dall'utilizzo appropriato da parte di coloro che lo avrebbero impugnato. Richiedeva coraggio, fede e abilità. I tre avventurieri erano disposti a tutto pur di mettere fine all'incubo.

Il monaco indicò una vecchia mappa che mostrava un labirinto di caverne e sentieri nascosti.

«Dovrete attraversare il bosco oscuro e seguire il percorso indicato per raggiungere il nascondiglio della pietra.»

«Guardate qui» disse Lucinda sfogliando un vecchio manoscritto. «Parla di un antico rituale che potrebbe indebolire un vampiro. Potrebbe essere la nostra risposta.»

«Vi auguro coraggio e fortuna nel vostro cammino» concluse il monaco, sollevando una croce di legno. «Pregate per la protezione divina e siate uniti. Solo così potrete sperare di raggiungere la vittoria.»

Con le parole del monaco nel cuore, si incamminarono verso il bosco oscuro. La luce della speranza brillava nel loro cammino, mentre si dirigevano verso la ricerca della pietra dell'ambra, degli ingredienti per il rituale, e verso la battaglia finale contro la creatura della notte.

CAPITOLO UNDICI

Saverio zappava il vigneto con impegno instancabile; il sole stava salendo gradualmente all'orizzonte, tingendo il cielo con sfumature dorate. Era la stagione della vendemmia, il calore di quella giornata si faceva sentire in modo insolito per il periodo. Il sudore gli scorreva lungo la fronte e Giovanna, sua moglie, glielo asciugava premurosamente. Il loro appezzamento di terreno era vicino al bosco oscuro. A volte, udivano voci e rumori provenire dalla vegetazione che facevano rabbrividire la pelle.

Saverio sperava di terminare il lavoro prima che il buio calasse su di loro, in modo da poter fare ritorno a casa. Mentre il sole cominciava a declinare all'orizzonte, caricò il mulo con la modesta raccolta di frutta, ottenuta grazie al duro lavoro di entrambi. Con gentilezza, aiutò sua moglie a salire sull'animale, assicurandosi che fosse comoda. Poi, afferrò con fermezza la coda del mulo, dando il comando per la marcia verso casa.

La strada da percorrere era lunga e tortuosa, attraversava campi dorati e boschi silenti, mentre il crepuscolo abbracciava la campagna. L'arduo cammino li avrebbe riportati alla loro accogliente dimora.

Intanto, a Grottole Lucinda, Gregorio e Alessandro si riunirono in una stanza del castello; l'urgenza di trovare il talismano dell'ambra e gli ingredienti per il rituale si faceva sempre più insistente.

«Abbiamo superato molte prove finora, ma le nostre vere battaglie iniziano adesso. Il talismano dell'ambra è la nostra chiave per indebolire e sconfiggere Elisabeth una volta per tutte. Dobbiamo raggiungere il bosco oscuro sulle montagne e trovarlo prima che sia troppo tardi» disse Lucinda, fissando i suoi compagni con occhi risoluti.

Gregorio annuì, prendendo una mappa del bosco e tracciando un percorso. «Il bosco oscuro è un luogo pericoloso, ma abbiamo l'esperienza e il coraggio per affrontarlo. Dobbiamo stare insieme e non lasciarci distrarre. Il talismano potrebbe essere nascosto tra gli alberi più antichi, Elisabeth potrebbe cercare di intercettarci.»

Poi continuò elencando gli ingredienti necessari al rituale per indebolire sconfiggere Elisabeth. L'acqua santa, simbolo di purificazione e protezione, era possibile procurarsela in una chiesa o effettuare una benedizione speciale su di essa. Serviva per creare cerchi di protezione o per spruzzarla sulle croci o su oggetti sacri. L'aglio, poi, Era un potente deterrente per le creature delle tenebre, tra cui i vampiri. Era utilizzabile in vari modi, si poteva schiacciarlo, bruciarlo o posizionarlo strategicamente come protezione intorno all'area della sfida. La verbena, invece, è un'erba tradizionalmente associata alla protezione e all'allontanamento delle forze oscure. Foglie di verbena seccate o olio essenziale di verbena aggiungevano una protezione extra al rituale. Era necessaria anche la salvia, conosciuta per le sue proprietà di purificazione e pulizia energetica. Era possibile bruciare foglie di salvia bianca e utilizzare il fumo per purificare l'area in cui ci sarebbe stato il confronto con Elisabeth. Il sale, invece, è un potente simbolo di protezione. Era possibile utilizzare sale grosso o sale marino per creare un cerchio di protezione, o per disegnare simboli protettivi sul terreno. Anche l'incenso viene utilizzato per purificare l'aria e creare un'atmosfera sacra. Era possibile sceglierne uno con note di mirra, sandalo o altre erbe, tradizionalmente associate alla protezione e alla purificazione. La rugiada dell'alba, invece, raccolta all'alba di un nuovo giorno, simboleggiava la rinascita e la luce. Era possibile raccoglierla e spruzzarla con un rametto d'erba, per benedire l'ambiente circostante.

I cristalli di quarzo chiaro, infine, erano noti per amplificare l'energia e potevano essere tenuti vicino al talismano dell'ambra per potenziarne gli effetti.

Alessandro strinse la sua spada con fermezza. «Siamo più forti insieme. Abbiamo dimostrato il nostro valore. La nostra missione non è solo salvare Grottole, ma proteggere coloro che amiamo da Elisabeth e dal suo oscuro potere. Non ci fermeremo finché non avremo sconfitto il male che minaccia la nostra terra.»

«Avanti, amici,» disse Lucinda con voce ferma e carica di speranza «il nostro cammino potrebbe essere difficile, ma insieme possiamo superare qualsiasi ostacolo. Affronteremo le tenebre con la luce che brilla nei nostri cuori. Siamo pronti a intraprendere questa nuova avventura, un passo più vicino alla salvezza di Grottole e alla sconfitta di Elisabeth.»

I tre erano pronti a iniziare il loro viaggio. Si avventurano verso il bosco oscuro e verso l'ignoto, decisi a portare la luce nel cuore delle tenebre.

***

L'alba sorgeva con uno spettacolo di colori sul pittoresco villaggio di Grottole. L'aria era fresca e umida dopo la pioggia della notte. L'odore terroso del terreno bagnato e dell'erba umida riempiva i sensi dei tre compagni.

«Guardate come la natura si risveglia dopo la pioggia» osservò Lucinda con un sorriso. «Le gocce di rugiada brillano come gemme sulla vegetazione e l'aria è pervasa da un senso di rinascita. È un giorno nuovo e pieno di speranza.»

Gregorio osservò il paesaggio che si stendeva davanti a loro. «La natura ci sta dando un segnale, una sorta di benedizione per la nostra missione. La pioggia ha lavato via la polvere dalle nostre preoccupazioni, rinnovando il nostro impegno a proteggere Grottole.»

Alessandro si avvicinò, sollevando il viso verso il sole nascente. «La luce che illumina il villaggio simboleggia la speranza. Possa guidarci nel nostro cammino e illuminare il nostro percorso oscuro. Il destino di Grottole dipende da noi.»

Con il suono delle gocce di pioggia che si mescolavano al canto degli uccelli, i tre intrapresero il loro viaggio nel bosco oscuro.

A un certo punto del cammino, incontrarono Saverio e Giovanna. Chiesero loro indicazioni per raggiungere il bosco.

Con le informazioni ricevute dai coniugi, i tre raggiunsero presto la meta. Si ritrovarono di fronte al bosco oscuro, luogo di mistero e incanto, un accesso verso un regno sconosciuto. Gli imponenti alberi si elevano verso il cielo, la loro chioma ampia e rigogliosa sembrava quasi sfidare la luce del sole.

Le fronde degli alberi si intrecciavano, creando un soffitto naturale attraverso il quale filtravano i raggi solari, lasciando cadere solo pochi sprazzi di luce sul terreno. L'ombra si estendeva come una coperta avvolgente, conferendo al bosco la sua atmosfera misteriosa e inquietante.

Le foglie degli alberi erano di un verde intenso e vibrante, testimoni della vita rigogliosa che permeava la selva ancestrale. Gli alberi esistevano da secoli, custodi silenziosi di segreti e misteri. Le loro radici, nodose e intrecciate, si insinuavano nel terreno umido, trattenendo i segreti delle generazioni passate.

Il vento sussurrava tra i rami, creando melodie misteriose che sembravano raccontare storie dimenticate. Il canto degli uccelli notturni risuonava nell'aria e avvolgeva l'atmosfera di una sensazione enigmatica e avventurosa. Lo spiraglio di luce che riusciva a penetrare tra le fronde creava un effetto magico e fugace sui sentieri di terra battuta. I gufi bubolavano nel silenzio della notte e il fruscio dei piccoli animali si udiva tra i cespugli; piante sconosciute, maestose e misteriose, avvolte dalla fitta nebbia, sembravano avere un'aria incantata. Era uno spazio in cui la natura selvaggia si manifestava in tutto il suo splendore, in tutto il suo mistero.

Mentre avanzavano cautamente, l'atmosfera si faceva sempre più densa e silenziosa. I passi dei tre risuonavano nel buio.

Talvolta il fruscio di una foglia o il sussurro del vento rompevano il silenzio. All'improvviso, un ululato rauco si levò nell'aria, seguito da ulteriori ululati provenienti da ogni direzione. Lucinda, Gregorio e Alessandro si guardano negli occhi, riconoscendo la minaccia che si avvicinava. I lupi avevano fiutato la presenza degli intrusi e si stavano approssimando.

Le sagome degli animali si intravedevano tra gli alberi, occhi lucenti che brillavano nella penombra. I lupi stavano per circondarli.

Lucinda, con il suo sguardo penetrante, osservava attentamente i movimenti dei lupi, cercando di individuare il capobranco.

«Dobbiamo trovare un modo per allontanarli senza ferirli» suggerì, cercando di stabilire una connessione con gli animali.

Alessandro, con la sua spada stretta nella mano, si preparò a difendersi, ma voleva anche tenere la situazione sotto controllo. «Rimaniamo uniti e cerchiamo di non dare loro motivo di attaccarci» consigliò, tentando di proiettare sicurezza.

I lupi si avvicinarono sempre di più, i loro occhi affamati fissi sui tre intrusi. Lucinda, Gregorio e Alessandro si guardarono intensamente, pronti a compiere qualsiasi azione. Nel cerchio emerse una figura imponente, un lupo bianco, il capobranco, con gli occhi lucenti e penetranti. I tre avventurieri si incamminarono comunque lungo la stradina che si addentrava nel cuore del bosco oscuro, sperando che i lupi, vedendoli innocui, desistessero dai loro intenti. La luce del giorno si faceva sempre più fioca, rendendo difficile distinguere i dettagli. Gregorio, Lucinda e Alessandro si resero conto che era necessario accendere le torce per vedere meglio e orientarsi tra le piante sconosciute e i sentieri tortuosi.

Mentre avanzavano cautamente, un secondo ululato si levò nell'aria, facendo rabbrividire i tre eroi. In un attimo, da ogni direzione comparvero gli occhi luminosi del branco di lupi. I loro ringhi riempirono l'aria e il cuore dei tre si colmò di apprensione: la speranza che i lupi avrebbe desistito era stata mal riposta.

«Stiamo pronti, amici miei!» esclamò Gregorio, con voce ferma. «Dobbiamo difenderci e respingere questa minaccia.»

Lucinda annuì, stringendo saldamente il suo pugnale, mentre Alessandro brandiva la sua spada.

I lupi si avvicinarono sempre di più, circondando il trio. Tra loro spiccava di nuovo il lupo bianco, imponente e feroce. Senza alcuna esitazione, questa volta i lupi si scagliarono all'attacco. Alessandro, con la sua armatura robusta, subì l'aggressione del lupo bianco, che gli morse la gamba e cercò di trascinarlo via. Lottando con tutte le forze, sferrò un potente colpo di spada, che colpì il lupo in pieno petto. Il lupo si accasciò al suolo, sconfitto.

Nel frattempo, Gregorio afferrò un sacchetto contenente un intruglio di erbe irritanti, frutto delle sue conoscenze sulla flora del bosco. Lo lanciò verso i lupi, causando loro fastidio e disorientamento. I lupi, ululando di dolore, si allontanarono, cercando di sfuggire alla sensazione pungente delle erbe. Lucinda, abile e veloce, si difese con agilità e precisione. Il suo pugnale affondò nei fianchi di un lupo che l'aveva circondata, ferendolo profondamente. La sua determinazione si rifletteva nei suoi occhi, mentre si muoveva con grazia tra gli attacchi dei lupi.

I tre riuscirono a tenere testa al branco. Con ferocia paragonabile a quella degli stessi predatori, Lucinda, Gregorio e Alessandro li respinsero, facendoli fuggire tra gli alberi. Il silenzio calò sul bosco oscuro. Si guardarono intensamente negli occhi, respirando con affanno. Nonostante le ferite e la stanchezza, il loro spirito era indomito, pronto a continuare la missione.

«Abbiamo superato questa prova, amici miei» disse Gregorio con voce stanca ma soddisfatta. «Ora continuiamo il nostro cammino. Il talismano dell'ambra ci attende e non possiamo permetterci di indietreggiare.»

I tre si rimisero in marcia, sapendo che avrebbero affrontato molte altre sfide nel bosco oscuro.

Gregorio estrasse la mappa dall'interno della sua bisaccia. Le sue mani tremavano leggermente per l'adrenalina. Scrutò attentamente i dettagli sulla carta.

«Il punto di riferimento che dobbiamo trovare è una pietra molto grande, che divide la strada in due» spiegò con voce calma, indicando la mappa. «Dobbiamo prendere la strada di destra per raggiungere l'antica costruzione.»

Lucinda e Alessandro si avvicinarono, osservando attentamente la mappa. «Se siamo sulla strada giusta, dovremmo raggiungere la pietra entro poco tempo» disse Lucinda, scrutando l'orizzonte per cercare un qualsiasi segno distintivo. «Continuiamo a muoverci con cautela e restiamo uniti.»

Con un cenno d'intesa, il trio riprese la marcia, seguendo il sentiero che li avrebbe condotti alla pietra. L'atmosfera si faceva sempre più densa, carica di un'energia antica.

Finalmente, la pietra gigantesca comparve all'orizzonte, imponente e maestosa. Era proprio come descritto sulla mappa. Era chiaro che si trovavano sulla strada giusta.

«Guardate là!» esclamò Alessandro, indicando l'antica costruzione che si ergeva in lontananza. «È proprio là che dobbiamo arrivare!»

Con un nuovo slancio, il trio accelerò il passo, bramoso di scoprire cosa li avrebbe attesi nella misteriosa struttura. I loro cuori battevano all'unisono. Un rumore fragoroso squarciò l'aria e i tre si guardarono intorno, spaventati. Una scia di uccelli indemoniati si scagliò verso di loro con una ferocia inaudita. Gli occhi rossi e malefici degli uccelli bruciavano come fiamme nell'oscurità della foresta.

Furono travolti dal caos improvviso da una tempesta di ali e becchi aguzzi. Gridarono, cercando di difendersi con le loro armi.

Lucinda, con agilità e prontezza di riflessi, schivò gli attacchi degli uccelli, sferrando colpi rapidi e precisi col pugnale. Ogni fendente era un'esplosione di grazia e forza, che respingeva gli avversari e apriva uno spiraglio per scappare.

Gregorio, esperto di erbe e piante, cercò di disorientare gli animali scagliando verso di loro delle miscele di erbe irritanti. L'odore pungente e l'effetto irritante degli ingredienti fecero indietreggiare gli uccelli, permettendo a Gregorio di orientarsi e unirsi nuovamente agli altri.

Alessandro, con la sua potente spada, fendé l'aria con colpi precisi e potenti, ma gli uccelli sembravano non temere nulla, continuando ad assalirlo con rabbia incontenibile.

Mentre combattevano con tutte le loro forze, cercando disperatamente di riallacciare il contatto visivo, finalmente trovarono un momento di tregua. L'attacco degli uccelli si attenuò, dando loro l'opportunità di ritrovarsi e ricomporsi.

«Ritroviamoci alla radice dell'albero più grande!» gridò Lucinda tra il frastuono delle ali e delle grida. «Lì possiamo pianificare il nostro prossimo passo!»

Con il cuore che batteva, i tre si diressero verso l'imponente albero che svettava nel cuore dell'oscurità. Gli uccelli ancora li inseguivano, ma a ogni passo la meta si avvicinava sempre più.

Raggiunsero le radici dell'albero gigante, e notarono che il luogo sembrava resistere all'influenza malefica che permeava il bosco.

«Abbiamo superato la seconda prova» disse Gregorio con voce tremante ma risoluta. «Dobbiamo stare all'erta. Non possiamo abbassare la guardia fino a quando non avremo raggiunto il nostro obiettivo.»

Lucinda annuì, il suo sguardo fisso nel buio. «Dobbiamo continuare a muoverci con cautela. Non sappiamo cos'altro ci aspetta. Ricordiamoci sempre che siamo più forti insieme.»

«Siamo arrivati fin qui. Non permetteremo a nessuna forza oscura di fermarci» ribadì Alessandro. «Andiamo avanti, verso il talismano dell'ambra e la salvezza di Grottole.»

Con un nuovo slancio di coraggio, i tre si incamminarono verso il cuore oscuro del bosco: solo uniti avrebbero potuto superare qualsiasi avversità.

Capitolo dodici

La costruzione antica si delineava maestosa, come un antico tempio romano, avvolto dal mistero dei secoli passati. Le colonne erano erette e imponenti, solennemente erose dal tempo e dalle intemperie. Il loro candore originale aveva ceduto il posto a una patina di antichità, un segno eloquente del passato glorioso della struttura.

Il tempio si ergeva su una piccola collina, dominando il paesaggio. I pilastri e le decorazioni erano testimoni silenziosi di un'arte perduta nel tempo, un tributo alla grandezza di un'epoca passata. Le tracce di colori sbiaditi potevano essere ancora intraviste sulle pareti, richiamando alla mente l'eleganza e la vivacità che un tempo caratterizzavano il luogo.

L'ingresso del tempio era affiancato da due statue erose, rappresentanti antiche divinità, che sembravano vegliare silenziose. Le loro fattezze erano quasi indistinguibili, ma l'imponenza dei loro contorni trasmetteva ancora un senso di maestosità.

Una volta all'interno, il tempio svelava la sua vera essenza. Un'atmosfera di sacralità, quasi palpabile, pervadeva l'aria. La luce filtrava attraverso piccole aperture nel soffitto, creando un gioco di ombre e riflessi che conferiva al luogo un aspetto mistico e misterioso. L'eco dei passi risuonava tra le pareti, richiamo all'antica spiritualità che una volta animava quei luoghi.

Le pareti erano decorate con affreschi sbiaditi, raffiguranti scene di cerimonie religiose e mitologiche.

Al centro del tempio, un altare si innalzava come fulcro della spiritualità. Le sue pietre portavano i segni di sacrifici e preghiere antiche. Era un luogo di potere e di legame con il divino, un punto di incontro tra il mondo umano e il soprannaturale.

Lucinda, Gregorio e Alessandro si trovarono avvolti dalla magnificenza di quel tempio, consapevoli che al suo interno si nascondevano risposte cruciali per il loro scopo. Era un luogo sacro, carico di energia e significato, era necessario il massimo della loro concentrazione e del loro coraggio per scoprire quello che cercavano.

Gli affreschi che adornavano le pareti del tempio raccontavano una storia intricata, una narrazione simbolica che celava l'enigma per trovare il talismano dell'ambra. Le scene, dipinte con maestria, erano ricche di dettagli e colori; ogni particolare sembrava avere un significato nascosto.

Nel primo affresco, si poteva osservare un cielo stellato con una luna crescente luminosa, circondata da costellazioni e astri. Le stelle sembravano formare un intricato disegno, quasi a suggerire una mappa celeste. Nell'angolo inferiore sinistro, una figura femminile con le braccia sollevate, come se stesse puntando verso qualcosa di importante.

Nel secondo affresco, un fiume scintillante si insinuava tra prati fioriti e alberi rigogliosi. Sulle rive del fiume, creature marine si sollevavano dalle acque, mentre uccelli colorati volteggiavano nell'aria. In lontananza, si intravedeva una cascata. Al centro dell'affresco, una figura umana sembrava contemplare il flusso del fiume, con le mani tese verso di esso.

Il terzo affresco rappresentava un albero possente, con rami intrecciati che si estendevano verso il cielo. Le foglie dell'albero erano ricche di dettagli e colori, sembravano danzare al vento. Ai piedi dell'albero, creature del sottobosco radunate in un'armoniosa comunità. Nel mezzo dell'albero, una cavità, come a indicare un luogo nascosto da scoprire.

Lucinda osservava con attenzione gli affreschi, impegnandosi a individuare ogni dettaglio e connessione. Poi, come un lampo di illuminazione, le sue pupille si dilatarono e un sorriso di comprensione si dipinse sul suo volto.

«Questi affreschi ci stanno guidando verso la soluzione! Ogni elemento rappresenta un simbolo importante per risolvere l'enigma e trovare il talismano dell'ambra» disse con voce entusiasta, indicando i dipinti.

L'enigma sembrava legato alla luna, al fiume e all'albero, ma il modo in cui si intrecciavano rimaneva un mistero. Qual era la chiave che avrebbe aperto il tempio in cui si nascondeva il talismano dell'ambra?

Gregorio scrutò attentamente gli affreschi, cercando di cogliere ogni dettaglio e ogni possibile indizio nascosto. Mentre osservava le scene dipinte, un'idea cominciò a formarsi nella sua mente. Riconobbe che ciascun affresco rappresentava un elemento della natura - il cielo, l'acqua e la terra - e che c'era un collegamento tra di essi. Dopo aver riflettuto per un momento, si rese conto che gli elementi principali nei dipinti sembravano indicare qualcosa di importante. Il cielo stellato nel primo affresco e la figura femminile con le braccia sollevate potrebbero indicare una direzione o un punto di riferimento. Il fiume scintillante nel secondo affresco, con la figura umana che contemplava il flusso, potrebbe suggerire un movimento in quella direzione. Infine, la cavità nell'albero nel terzo affresco potrebbe indicare il luogo nascosto da scoprire. Con questa intuizione, Gregorio decise di seguire il suggerimento implicito negli affreschi. Si diresse verso il punto indicato dalla prima figura, seguito dai suoi compagni. Si fece strada attraverso le rovine e arrivò infine a un'area nascosta dietro l'altare principale, dove scoprirono un antico reliquiario contenente un prezioso tesoro. Con cautela lo aprirono e i loro occhi si riempirono di meraviglia e delusione. All'interno dello scrigno c'era il talismano dell'ambra.

Lucinda lo prese in mano, osservando la sua lucente superficie con sconcerto. «È solo la metà» sussurrò con un misto di sorpresa e delusione. «Come può essere?»

Gregorio, con espressione pensierosa, esaminò attentamente la metà dell'oggetto. «Potrebbe esserci un motivo per cui è stato diviso in due. Dobbiamo trovare l'altra metà per renderlo completo e attivare il suo potere.»

Alessandro, con lo sguardo fisso sulla metà del prezioso, suggerì: «Potrebbe essere un'antica protezione affinché nessuno potesse utilizzarlo contro Elisabeth».

La scoperta di una parte del talismano dell'ambra era comunque un passo avanti.

«Pensateci un attimo» disse Gregorio scrutando l'affresco con occhi attenti. «L'enigma potrebbe voler indicare un fiume che esiste nella realtà, qui nel bosco. Dobbiamo trovarlo e seguirlo.»

Se il fiume nel bosco fosse stato davvero la chiave per completare il talismano dell'ambra, allora la risposta ai loro interrogativi avrebbe potuto trovarsi lungo le sue rive. Si incamminarono attraverso il folto bosco, in cerca del misterioso fiume. Ogni passo li portava sempre più lontano dalla sicurezza del sentiero battuto.

Finalmente lo videro, un fiume sinuoso che si liberava tra gli alberi. L'acqua scorreva con calma, riflettendo i raggi di luce filtrati attraverso i rami degli alberi. Era un'immagine serena.

Si avvicinarono al fiume e iniziarono a seguirne il corso. Ogni passo lungo le sue rive era un passo verso la comprensione, un passo verso la ricerca della seconda metà del talismano.

L'atmosfera nel bosco era densa di speranza. Ogni goccia d'acqua, che sfiorava le pietre del fiume, sembrava sussurrare loro segreti, incoraggiandoli a scoprire quello che si celava oltre l'orizzonte.

Il fiume li stava lentamente portando verso una zona più aperta. Il rumore dell'acqua si faceva sempre più forte, suggerendo la presenza di una cascata o di un punto di interesse significativo.

Camminarono con cautela, ascoltando attentamente i suoni e osservando ogni dettaglio che si presentava loro lungo il percorso. Il rumore del flusso d'acqua si intensificò e i tre raggiunsero una cascata maestosa, che si gettava con forza nel lago sottostante.

Inebriati dalla bellezza e dalla potenza dello spettacolo naturale si fermarono per ammirare la magnificenza della cascata. Quel luogo possedeva un'energia speciale, un'aura di potenza e mistero.

Si avventurarono attraverso la cascata per seguire la misteriosa musica che risuonava nell'aria. Si trovarono di fronte a una piccola caverna, nascosta dietro il potente velo d'acqua. Le pareti della grotta erano umide e coperte muschio, la luce filtrava debolmente attraverso le fenditure nella roccia, creando un'atmosfera irreale e incantevole.

Entrando nella grotta, la melodia si faceva più chiara e avvolgente. Era come se la musica fluisse con il vento che attraversava la cascata, creando un'esperienza unica e affascinante.

L'incanto fu improvvisamente spezzato da un forte ruggito. Di fronte a loro, un possente orso, con le fauci spalancate e gli occhi fulminanti di rabbia.

Si guardarono negli occhi, pronti a far fronte alla nuova sfida. Estrassero le loro armi e si posizionarono in difesa, cercando di intimidire l'orso con grida e movimenti decisi.

L'orso si scagliò con potenza e velocità sorprendenti, le sue poderose zampe pronte a infliggere danni mortali.

Gregorio, con la sua abilità di combattente, cercò di deviare l'attacco dell'animale con la spada, schivandolo con forza e cercando di sfruttare ogni opportunità per colpirlo. Lucinda, invece, si mantenne a distanza di sicurezza, cercando di distrarre l'animale con abili movimenti e schivate. Alessandro, con la sua corazza pesante, si pose come un baluardo tra l'orso e i suoi compagni, cercando di attirare l'attenzione della bestia su di sé.

La lotta fu feroce. L'orso dimostrava una forza e una resistenza incredibili, ma i tre non si arresero. Con determinazione e coordinazione, aspettarono il momento giusto per colpire, sfruttando la debolezza dell'animale. Finalmente riuscirono a sopraffarlo. Con un attacco ben coordinato, Alessandro inflisse il colpo mortale con la sua spada, mettendo fine alla minaccia.

Mentre si riprendevano dallo scontro, Lucinda, Gregorio e Alessandro si guardarono soddisfatti ma esausti. Avevano superato un'altra prova lungo il loro percorso e si sentivano più forti e determinati che mai. Ora, erano pronti a continuare la loro esplorazione nella grotta, consapevoli che ci sarebbero state molte altre sorprese, e che il talismano dell'ambra avrebbe svelato la sua piena potenza solo quando le due metà si sarebbero unite.

I tre procedevano con cautela all'interno della grotta, le loro torce illuminavano il cammino buio e tortuoso. Le pareti di roccia erano coperte da stalattiti e stalagmiti, creando un'atmosfera misteriosa e affascinante.

Mentre si stavano avvicinando alla parte finale della grotta, i loro occhi iniziarono a illuminarsi di speranza e aspettativa. E finalmente, dietro un angolo nascosto, scoprirono un'antica teca di pietra, incastonata nella parete. All'interno, protetta e splendente, giaceva la seconda metà del talismano dell'ambra.

La luce delle candele danzava sulla superficie liscia e preziosa dell'oggetto, che emanava un'energia vibrante. I tre si avvicinarono, consapevoli del potere che quella reliquia ancestrale poteva possedere.

Gregorio, emozionato, con le mani tremanti di emozione, prese la seconda metà del talismano. I contorni del talismano si fondevano perfettamente con quelli della prima metà, rivelando un disegno intricato e affascinante.

Gli occhi dei tre amici erano pieni di speranza. Finalmente, avevano in mano il potere di riunire il talismano, e di utilizzarne l'enorme energia per sconfiggere Elisabeth e proteggere Grottole.

CAPITOLO TREDICI

Il suono delle campane risuonava nell'aria, portando con sé una nuova speranza per Grottole. Mentre il sole colorava l'orizzonte con le sue sfumature dorate, Lucinda, Gregorio e Alessandro fecero il loro ingresso trionfale nel paese.

Si diressero verso il castello, il re li attendeva con impazienza. Accolti calorosamente nella sala del trono, i tre si posero di fronte al sovrano, pronti a raccontare il risultato delle loro fatiche.

Con voce ferma e sicura, Lucinda spiegò al re l'importanza del talismano dell'ambra e del suo utilizzo per indebolire Elisabeth; Gregorio e Alessandro mostrarono gli ingredienti raccolti per l'incantesimo. Il re ascoltò attentamente, gli occhi brillanti di speranza e fiducia.

«Finalmente abbiamo il modo per sconfiggere Elisabeth e porre fine alla sua minaccia su Grottole» disse Lucinda. «Con il talismano dell'ambra e l'incantesimo che abbiamo preparato saremo in grado di indebolirla e porre fine al suo regno del terrore.»

La sala del trono era pervasa da una solenne atmosfera mentre il re e i suoi consiglieri si riunivano per decidere le misure da prendere contro la donna vestita di nero. Seduti attorno a un grande tavolo, i rappresentanti delle varie istituzioni religiose si preparavano a unirsi alla lotta per la liberazione del villaggio.

Il capo dei frati cappuccini, un uomo di età matura col volto sereno e gli occhi penetranti, si alzò per prendere la parola. La sua voce risuonò nella sala, portando con sé un senso di saggezza.

«Noi frati cappuccini siamo pronti a unire le nostre forze con quelle del popolo di Grottole, per combattere contro questa oscura minaccia» dichiarò con fermezza. «Presto organizzeremo preghiere e cerimonie per invocare la protezione divina e garantire la riuscita della nostra missione.»

Il capo dei frati domenicani annuì in segno di approvazione. «Anche noi saremo al vostro fianco in questa battaglia contro il male» affermò con convinzione. «Saremo presenti con le nostre preghiere e il nostro sostegno, per guidare Grottole verso la liberazione.»

Una figura inattesa fece irruzione nella sala: una donna anziana con i capelli bianchi, con gli occhi grigi, penetranti e magnetici, capaci di incutere timore. Vestita con abiti scuri, un grembiule e lo scialle; in mano, un bastone da passeggio. Al suo collo un amuleto. Era la *masciara* di Salandra, la maga.

«Vostra maestà, perdonate il mio ingresso non annunciato, ma non potevo rimanere in silenzio» disse con voce decisa. «Ho sentito parlare della minaccia che incombe su Grottole e ho deciso di offrire il mio aiuto. Ho combattuto le tenebre in passato e so cosa significa lottare contro il male.»

Il re, sorpreso dall'improvvisa comparsa, guardò la donna con occhi scrutatori. Decise di accoglierla tra loro. «Benvenuta nella nostra lotta per la liberazione di Grottole» disse con gentilezza. «Accettiamo il tuo aiuto e la tua esperienza per sconfiggere questa minaccia e riportare la pace nel nostro amato villaggio.»

La donna sorrise, gratificata per la calorosa accoglienza. «Ringrazio vostra maestà per la fiducia» rispose con gratitudine. «Prometto di mettere a disposizione tutte le mie conoscenze e le mie risorse per contribuire al successo dell'impresa.»

Con la presenza dei frati cappuccini, dei frati domenicani e della masciara di Salandra, il re e i suoi alleati si sentivano più forti e determinati che mai. L'unione rappresentava una potente alleanza spirituale e umana, pronta a combattere l'oscurità.

La sala del trono risuonava di discussioni, pianificazioni e preghiere, mentre i partecipanti si preparavano per la sfida ormai imminente. I cuori erano colmi di ottimismo, consapevoli che la battaglia contro Elisabeth non sarebbe stata facile, ma che insieme avrebbero potuto superare qualsiasi ostacolo.

La masciara e i frati avrebbero contribuito con le loro preghiere e le loro abilità, fornendo un sostegno spirituale ed emotivo a tutti coloro che si preparavano per la battaglia imminente.

La riunione continuò con una serie di discussioni dettagliate sulle strategie da adottare. I frati di entrambi gli ordini esposero le loro conoscenze e le loro esperienze, offrendo suggerimenti preziosi su come poter indebolire la creatura delle tenebre. La masciara, con la sua esperienza personale, fornì consigli sulla forza interiore necessaria per affrontare il nemico così malvagio.

Le parole si intrecciavano in un vivace dialogo, mentre ognuno portava il proprio contributo alla discussione. Idee e strategie si susseguivano, alimentando l'entusiasmo e la determinazione di tutti i presenti. Insieme, si formò un piano d'azione dettagliato, che avrebbe sfruttato le abilità di ogni individuo e massimizzato le possibilità di successo.

Con il piano stabilito e il sostegno degli alleati spirituali, la riunione si concluse con una preghiera collettiva. Nella penombra della sala del trono, le voci si unirono in un coro armonioso di speranza e fede, chiedendo la protezione divina e la guida nelle imminenti sfide.

Mentre il sole illuminava il cielo, colorando la terra con i suoi raggi dorati, i coraggiosi combattenti si incamminarono verso la battaglia finale. La speranza risplendeva nei loro occhi, alimentando la fiamma della loro determinazione. Sapevano che il cammino sarebbe stato difficile, ma erano pronti ad affrontarlo insieme, uniti dalla fede e dalla forza che solo l'unione poteva fornire.

La loro missione era liberare Grottole dall'oscurità e riportare la luce e la pace nella loro amata terra. Con la forza dell'unione e la guida del divino, sapevano che nulla avrebbe potuto fermarli.

Capitolo quattordici

La masciara viveva immersa nella solitudine del bosco. Il suo rifugio era una piccola capanna di legno nascosta tra gli alberi, in cui conduceva la sua vita isolata dal resto del mondo. La capanna era adornata con erbe essiccate, amuleti e strani oggetti che emanavano un profumo penetrante di incenso.

Periodicamente, faceva ritorno a Salandra per visitare le persone che avevano richiesto il suo aiuto. La sua reputazione la precedeva, e la gente del paese la accoglieva con una mistura di timore e rispetto.

Le masciare erano delle streghe o guaritrici che operavano principalmente nel regno di Napoli. Eseguivano pratiche magiche e rituali per lanciare o sciogliere le fatture, ovvero per infliggere o rimuovere incantesimi o malefici. Le loro abilità includevano la capacità di rimuovere il malocchio e di influenzare la salute, la fortuna e gli affetti amorosi delle persone attraverso rituali magici.

La fama della masciara di Salandra si estendeva ben oltre i confini locali. Le persone di Grottole e dei paesi limitrofi si recavano da lei per chiedere di essere liberati dal malocchio o per sottoporsi all'*affascino*, un rituale tradizionale che serviva per alleviare dolori alla testa o alla pancia. Tuttavia, ciò che rendeva unica la masciara di Salandra era la sua profonda conoscenza della vera magia, e la sua capacità di affrontare gli spiriti.

Questo tipo di studio lo praticava nella profonda solitudine del bosco, lontana da occhi indiscreti. Molti avevano fiducia nelle sue arti pericolose, sapendo che solo lei poteva affrontare gli spiriti e garantire loro una protezione autentica. Era fonte di ammirazione e timore per tutti coloro che cercavano il suo aiuto. Una volta, ad esempio, aveva aiutato due nonni preoccupati per il loro nipotino.

Nicola era un uomo di mezza età, con il volto segnato dalla fatica e le mani forti e callose per l'arduo lavoro nei campi. Indossava abiti modesti e logori, tipici del contadino, con un cappello che gli ombreggiava il viso durante le lunghe giornate di lavoro. I suoi occhi erano penetranti, riflessivi, testimoni della saggezza acquisita dagli anni passati a coltivare la terra. Aveva un sorriso gentile e una natura tranquilla, sempre pronto ad aiutare la sua famiglia e la comunità locale.

Rosa era una donna dalla bellezza semplice e radiante. I suoi capelli castani erano tenuti raccolti in una coda di cavallo, i suoi occhi erano luminosi e accoglienti. Indossava un grembiule mentre si occupava delle faccende domestiche e aveva sempre un'aria ospitale, pronta a offrire un piatto di pasta calda a chiunque avesse varcato la loro soglia. La sua dedizione alla famiglia e il suo amore per il nipotino erano evidenti in ogni gesto e sguardo affettuoso.

Rosa era l'elemento che manteneva unita la famiglia, mentre Nicola lavorava instancabilmente per offrire un futuro migliore.

Nicola e Rosa erano preoccupati per il nipotino e avevano deciso di portarlo dalla masciara.

La masciara li aveva accolti con un sorriso gentile e li aveva invitati a sedersi davanti a lei. La sua voce era morbida e calda, i suoi occhi grigi, il trucco sul suo viso era sobrio ma accentuava i lineamenti, con un leggero tocco di colore scuro sulle labbra e un po' sulle guance pallide, i capelli lunghi erano raccolti in un fazzoletto.

Si presentava vestita con abiti scuri e pesanti che conferivano un'aria enigmatica alla sua figura. Indossava una lunga gonna nera, adornata con ricami intricati sull'orlo, e una camicia di lino bianco con maniche ampie che cadevano fino ai polsi. Sopra la camicia, portava un corpetto stretto e decorato, accentuando la sua figura sinuosa e femminile.

Al collo e ai polsi indossava alcuni amuleti e talismani per protezione dalla magia e dalla stregoneria.

«Grazie di averci accolti» aveva detto Nicola. «Il nostro nipotino ha strane macchie sul viso, non sappiamo cosa fare.»

«Tu che hai il potere di vedere oltre le apparenze, di rivelare il mistero di ciò che affligge la nostra famiglia» aveva aggiunto Rosa.

La masciara aveva annuito lentamente e posato le mani sul viso del bambino. Aveva chiuso gli occhi per un istante, concentrandosi. Poi, con voce sommessa, aveva iniziato a parlare.

«Le macchie sul suo viso sono il segno di una maledizione che risale a molte generazioni fa. Ma non temete, posso scioglierla.»

I nonni guardarono con speranza la donna mentre preparava un miscuglio di ingredienti. Poi aveva alzato le mani e pronunciato parole sconosciute. Aveva preso un piccolo amuleto e lo aveva posto delicatamente sul petto del bambino.

«Questo amuleto lo proteggerà da ogni male. Tuttavia, è importante che prendiate delle precauzioni e che siate vigili nel proteggerlo dagli sguardi invidiosi.»

Nicola e Rosa guardarono ancora il volto del bambino, ansiosi di sapere di più sulla maledizione e su come potevano proteggere il loro prezioso nipote. La masciara aveva aperto gli occhi e sorriso gentilmente.

«La maledizione proviene da un antenato, un'ombra del passato che ora si è manifestata su vostro nipote. Ma come vi ho detto, non temete. La chiave per proteggerlo è l'amore e l'attenzione. Dovete mantenerlo al sicuro dagli occhi invidiosi e dagli sguardi malvagi.»

«Ma cosa possiamo fare?» aveva chiesto la nonna. «Cosa dobbiamo guardare?»

«Dovete fidarvi del vostro istinto da ora in poi» aveva continuato la masciara. «Quando sentirete un brivido lungo la schiena o vedrete sguardi malevoli, proteggete il bambino. L'amuleto che ho posto sul suo petto agirà come un baluardo, ma è anche importante che voi siate vigili.»

«Grazie per averci aiutato. Come possiamo ricompensarti?» aveva chiesto l'anziano.

La masciara aveva scosso la testa con un sorriso. «La mia ricompensa è un po' di grano e legumi, ma soprattutto sapere che ho aiutato a proteggere la vostra famiglia. Fate del bene e siate generosi. Questo è il modo migliore per mantenere l'equilibrio tra il mondo naturale e il soprannaturale.»

Dopo aver dato un ultimo sguardo al bambino, la masciara si era alzata e aveva iniziato a camminare lentamente verso il limitare del bosco. La sua figura si fondeva con l'oscurità, lasciando una sensazione di speranza nel cuore dei nonni del nipotino.

La masciara rappresentava il ponte tra il mondo naturale e il soprannaturale, e il suo ruolo era quello di guarire, proteggere e sciogliere incantesimi. La sua visita aveva portato speranza e conforto a Nicola e Rosa, dimostrando il potere delle antiche tradizioni e dei poteri magici delle masciare.

Intanto, a Grottole i soldati presidiavano con attenzione ogni angolo della chiesa diruta.

All'esterno dell'edificio, i frati cappuccini e i domenicani si disposero in un cerchio perfetto; i loro mantelli monacali svolazzavano nel vento leggero della sera. Le loro figure si stagliavano contro il crepuscolo, mentre la luce fioca delle lanterne gettava un'atmosfera eterea e misteriosa.

Un frate con il viso sereno e gli occhi chiusi in preghiera, alzò le braccia al cielo. Gli altri frati lo seguirono, e un'aura di devozione e potere magico sembrò avvolgerli. Con le parole sacre dei loro ordini, iniziarono a intonare un antico canto di protezione, le loro voci unite in un coro potente e melodioso.

Nel centro del cerchio, un frate domenicano teneva alzata una pergamena antica, decorata con simboli runici e versetti sacri. Con un gesto fluido, iniziò a tracciare segni nell'aria come se scrivesse con una penna d'oca magica.

Mentre i canti diventavano più ferventi e gli incantesimi più intricati, un'arcana cupola di energia magica cominciò a formarsi sopra la chiesa diruta, una scintillante sfera di luce azzurra, un velo protettivo che si estendeva dall'alto coprendo l'intera struttura.

La cupola era composta da intrecci di simboli luminosi e linee di energia, che emanavano una luce azzurra, creando un bagliore rassicurante e avvolgente, mentre i frati continuavano a cantare e a incantare. La cupola di protezione si irrobustiva sempre di più, diventando una barriera inaccessibile per qualsiasi forza maligna. L'aria sembrava carica di magia e il suolo tremava leggermente sotto il potere congiunto dei religiosi.

La chiesa diruta era adesso avvolta da un manto di sicurezza, un baluardo contro ogni malefica influenza. La cerimonia era un'ode alla fede e alla magia, un'incarnazione della forza dell'unione tra gli ordini dei frati nella protezione di ciò che era sacro.

I monaci continuarono a presidiare la cupola magica, pronti a difendere la chiesa e a respingere qualsiasi minaccia. La *masciara*, con il suo sguardo fiero e risoluto, si unì a loro, portando con sé un senso di calma. Iniziò a predisporre l'incantesimo che avrebbe indebolito Elisabeth e reso possibile la sua sconfitta.

Lucinda teneva saldamente tra le mani il talismano dell'ambra, il cui potere vibrava in sintonia con la sua determinazione. Con sguardo concentrato, si preparava a utilizzare il potere del talismano per affrontare Elisabeth. Accanto a lei, Alessandro stringeva la sua spada con forza, pronto a combattere con ogni fibra del suo essere.

Nel frattempo, Gregorio si adoperava per disporre con cura le croci all'interno della chiesa. Ogni croce veniva posizionata strategicamente, creando un cerchio di protezione che avrebbe respinto l'oscurità; il corretto posizionamento delle croci era essenziale per il successo dell'incantesimo.

I dialoghi risonavano tra i presenti.

«Non possiamo permettere che il male continui a tormentare il nostro paese» disse con fermezza Lucinda. «Con il potere del talismano dell'ambra e la nostra volontà, riusciremo a fermarla.»

«Non avrà scampo contro la nostra unione e la nostra forza» aggiunse Alessandro.

I religiosi, con le loro voci serene e profonde, recitavano preghiere di protezione e benedizione, invocando la guida divina nella loro missione. «Dio sia con noi in questa battaglia contro l'oscurità» dissero in coro. «La luce della fede ci condurrà alla vittoria.»

I preparativi erano stati completati con cura e precisione. Non restava che aspettare l'arrivo della notte, per sfidare l'oscurità e riportare la luce a Grottole. Tensione e determinazione erano tangibili.

E così, con la notte che si avvicinava e l'attesa che sembrava durare un'eternità, Lucinda, Gregorio, Alessandro e i religiosi si prepararono a fronteggiare Elisabeth; erano pronti a combattere con tutte le loro forze per la salvezza del loro amato villaggio. Era giunto il momento di mettere alla prova il loro coraggio, la loro fede e la loro abilità, perché solo insieme avrebbero potuto sconfiggere l'oscurità e riportare la luce a Grottole.

La notte calò, mentre la luna piena rossa si elevava maestosa nel cielo stellato. L'atmosfera era carica di tensione, di energia sinistra. Era giunto il momento in cui Elisabeth sarebbe apparsa, pronta a scatenare il suo terrore su coloro che osavano sfidarla.

La cripta della chiesa diruta si aprì con un sinistro cigolio, come se le porte dell'inferno stessero cedendo al suo volere. Elisabeth si eresse dalla sua bara. I suoi occhi, rossi come il fuoco, si aprirono di colpo, riflettendo un'infinita malvagità. Il suo corpo, snello e sinuoso, emanava un'aura di potere oscuro, mentre i suoi capelli scuri fluivano intorno a lei come un mantello nero.

Mentre usciva dalla cripta, Elisabeth percepì immediatamente una sensazione diversa. Un profumo intenso di sangue la colpì, riportando alla sua mente antichi istinti e desideri insaziabili. Si avvicinò al muro e, spingendo con forza la pesante porta di legno, la scaraventò con violenza contro di esso, rompendo la sua struttura come se fosse stata carta.

Con un balzo potente, la donna si elevò verso il cielo notturno. La sua figura si delineava contro la luna piena, pronta a guidare la sua danza mortale.

Atterrò al centro della chiesa. Era coperta da un mantello nero con cappuccio, dal quale uscivano capelli lunghi e neri. Si intravedevano il suo viso, con la pelle tendente al bianco, e occhi penetranti color rosso sangue, labbra carnose con sfumature rosse. Dalla bocca si distinguevano i canini aguzzi. All'improvviso sprigionò la sua aura e si circondò di una nube di polvere mista a macerie, che le girava intorno come un mulinello. La sua bocca si aprì in un ghigno malevolo, rivelando canini affilati come lame.

«Non avete scampo, vi ucciderò tutti.»

Elisabeth si lanciò verso i suoi nemici. Era un vortice di morte, le sue mani artigliate si protendevano verso le loro gole.

«Abbandonate ogni speranza, piccoli insetti. Grottole sarà la mia terra per l'eternità» disse sibilando.

Lucinda alzò il talismano dell'ambra con forza, cercando di respingere il male che Elisabeth emanava. «Il male non prevarrà mai sull'amore e la luce» disse la giovane.

Le spade sfavillavano nell'oscurità, pronte a fendere la pelle dura della creatura.

«Dobbiamo stare uniti, concentrati. Abbiamo una possibilità» disse Gregorio.

«Non possiamo permettere che continui a uccidere. All'attacco!» esclamò Alessandro.

Un gruppo di soldati con le loro spade si scagliò contro Elisabeth.

Ma Elisabeth era un'avversaria formidabile. Schivava i colpi con agilità, rispondendo con artigli affilati e morsi letali. Come se il suo corpo fosse stato plasmato per il combattimento, una macchina di distruzione implacabile.

«Siete così deboli» sogghignò. «Grottole sarà mia!»

Lucinda cercava di canalizzare l'energia del talismano per proteggere se stessa e i suoi compagni. Pronunciò incantesimi antichi, cercando di indebolire l'aura oscura di Elisabeth.

«Spirito dell'ambra, proteggici dalla notte oscura!»

Alessandro, con la sua forza e il suo coraggio, non esitava a sfidare la furia di Elisabeth. Combattevano con tutte le loro forze, consapevoli che il destino di Grottole pendeva in bilico.

«Non avrai Grottole, mai!»

«Stupido cavaliere, non hai nessuna speranza contro di me.»

Con un balzo, Elisabeth si scagliò contro Alessandro con una forza inaudita. Il cavaliere fu scaraventato contro uno dei muri in pietra e perse i sensi.

I religiosi, con il loro fervore spirituale, intonavano preghiere e incantesimi di protezione. Il loro canto si univa all'energia positiva che Lucinda emanava dal talismano dell'ambra. Insieme, creavano un muro di luce che cercava di respingere l'oscurità di Elisabeth.

Alessandro si riprese, si rialzò dal pavimento, sollevò la testa per osservare tutti i movimenti del vampiro. *È troppo veloce, a stento riesco a vedere i suoi movimenti.*

Alessandro urlò: «Lucinda, direzione la luce verso Elisabeth».

«Certo.»

Lucinda con grande precisione posiziono il raggio di luce del talismano verso Elisabeth, mentre Alessandro con grande velocità si scagliò contro il vampiro per colpirlo.

Elisabeth si accorse dell'attacco di Alessandro e con un balzo si sollevò in alto all'interno della cupola ellittica, per poi contrattaccare. Il cavaliere riuscì solamente a sfiorarle i capelli, strappandone alcuni.

La battaglia era feroce e senza tregua. Ogni colpo, ogni incantesimo lanciato, portava con sé la speranza di sconfiggere la creatura malvagia.

«Dobbiamo sconfiggerla!» esclamò Lucinda.

«Non molliamo ora!» esclamò Gregorio.

A ogni attacco di Elisabeth un soldato moriva.

La battaglia infuriava, i loro occhi si incontravano. Non si sarebbero arresi finché Elisabeth non fosse stata definitivamente sconfitta.

La stanchezza si faceva sentire, ormai erano tutti allo stremo delle forze. Lucinda per un attimo si volle riposare e abbassò le braccia, Ma Elisabeth si avvicinò a lei.

«Finalmente siamo una di fronte all'altra... Ora mi sazierò con il tuo sangue.»

Lucinda riuscì a respingerla mettendo le braccia avanti con un grande sforzo.

«Non mi avrai mai!»

CAPITOLO QUINDICI

Lucinda riuscì ad allontanare il vampiro.

«Perché, Elisabeth? Perché hai scelto questa strada? Perché stai seminando terrore e oscurità in un luogo che dovrebbe essere pacifico?» domandò Lucinda.

«Vuoi sapere la mia storia, Lucinda? Ero una principessa destinata a una sorte che non avevo scelto. Ho cercato di fuggire, ma sono stata risucchiata nel vortice di oscurità» rispose Elisabeth, con sguardo assorto nel vuoto.

Chiuse gli occhi per un istante, come se stesse rivivendo il terribile ricordo.

«Quando mio padre, Vlad III di Transilvania, mi salutò con un bacio, non fu un vero bacio. Fu un piccolo morso sul collo, che mi trasferì il potere del vampiro. Non sapeva quello che stava facendo. Giunsi a Napoli, ma fui subito trasferita a Grottole. Qui conobbi Francesco.»

Elisabeth e Francesco si conobbero in una tranquilla serata d'estate, quando il cielo era dipinto di sfumature calde di rosso e arancione, mentre il sole si nascondeva dietro le colline di Grottole. Era una di quelle serate in cui l'aria era impregnata di profumi di fiori e del canto degli uccelli.

Francesco, un giovane affascinante dal sorriso contagioso, stava passeggiando tra gli oliveti, un luogo in cui si rifugiava spesso per riflettere. Era un amante della natura, e l'olio d'oliva che produceva con la sua famiglia era rinomato in tutto il paese.

Elisabeth, dall'aspetto radioso e lo sguardo misterioso, stava visitando Grottole in cerca di pace, dopo le vicissitudini passate. Era affascinata dalla bellezza dei paesaggi e dalla tranquillità del luogo.

Fu durante quella passeggiata tra gli ulivi che gli sguardi di Francesco ed Elisabeth si incontrarono per la prima volta. Il tempo sembrò fermarsi per un istante. Entrambi sentirono un legame profondo, come se fossero stati destinati a incontrarsi in quel preciso istante.

Francesco, con la sua naturale gentilezza, si avvicinò e le sorrise. Elisabeth rispose con un timido sorriso, e così iniziarono a parlare.

«La nostra famiglia coltiva questi terreni da generazioni» disse lui con orgoglio. «L'olio d'oliva che produciamo è conosciuto in tutto il paese. Siamo legati a questa terra, è parte di noi.»

Elisabeth, ammirando la passione di Francesco, rispose con dolcezza. «È meraviglioso avere un legame così profondo con un luogo. In qualche modo, credo che la terra possa assorbire le emozioni delle persone che la curano.»

Francesco sorrise e annuì. «Hai ragione. E tu, Elisabeth, cosa ti ha portato qui, a Grottole?»

Lo sguardo della fanciulla si perse per un istante nell'orizzonte. «Ho attraversato molte difficoltà» confessò. «Ho cercato molti posti in cui trovare pace, e credo che Grottole sia il luogo perfetto per averla. È un angolo di serenità.»

Francesco annuì con comprensione. «Sì, Grottole è un posto speciale. Ha un'anima tranquilla, un'atmosfera che avvolge.»

Con il passare del tempo, le loro passeggiate sotto il sole calante divennero un appuntamento quotidiano. Conversavano di sogni e desideri, di passato e futuro. I discorsi si facevano sempre più personali, le confidenze sempre più profonde.

Francesco, con il suo spirito gentile, riusciva a far emergere un sorriso sincero sul volto di Elisabeth, che, a sua volta, portava mistero e incanto nella vita del giovane.

«E tu, Francesco,» chiese Elisabeth una sera, mentre osservavano le stelle «qual è il tuo sogno più grande?»

Francesco prese tempo per rispondere, come se volesse scegliere le parole con cura. «Il mio sogno è vedere questi ulivi crescere rigogliosi per sempre, passare questa terra alle future generazioni così ricca e fertile come l'ho ereditata io.»

Elisabeth sorrise, commossa da tanta dedizione. «È un sogno meraviglioso.»

In quel momento, sembrò che le stelle brillassero ancora più intensamente, come se la loro luce avesse benedetto l'amore nascente tra le due anime.

Le loro conversazioni si susseguirono. Francesco mostrò a Elisabeth la bellezza di Grottole, i luoghi nascosti e le tradizioni del paese.

Man mano che il tempo passava, i loro cuori si avvicinarono sempre di più. Quell'estate divenne un periodo di magia e amore, in cui ogni giorno trascorso insieme sembrava un regalo prezioso.

Mentre stavano passeggiando, Francesco le disse: «Elisabeth, guarda che bellissimo cielo stellato!».

Elisabeth alzò il volto al cielo e rispose: «Sì, è bellissimo».

Francesco la guardò negli occhi, si avvicinò e la baciò, prima sulla fronte e poi sulle labbra. Lei rimase senza fiato: aveva ricevuto il suo primo bacio. Per tutti e due fu la serata più bella della loro vita, quell'istante fu il più importante vissuto fino ad allora.

Ma l'amore tra Francesco ed Elisabeth sarebbe stato messo a dura prova da forze oscure e da eventi inaspettati, che avrebbero cambiato il loro destino in modi che nessuno avrebbe potuto immaginare.

Una sera, Francesco decise di trascorrere del tempo in locanda con Lorenzo, uno dei suoi amici più cari. Era l'occasione per raccontarsi gli eventi della giornata, ridere delle piccole ironie della vita e godersi un buon bicchiere di vino.

Mentre i due amici chiacchieravano allegri, nel cuore di Elisabeth nasceva un piccolo timore. Sentiva che qualcosa sarebbe accaduto, una nube oscura all'orizzonte prima della tempesta. Decise di raggiungere Francesco.

Intanto, nella locanda, l'atmosfera si stava riscaldando. Un gruppo di uomini, al tavolo accanto, aveva iniziato a discutere in modo acceso. Quello che era iniziato come una semplice disputa sulla partita di carte, divenne rapidamente una discussione animata, poi rabbiosa. I toni si innalzarono, le offese volarono. Ben presto, la serata tranquilla divenne un vero e proprio campo di battaglia.

Francesco decise di intervenire. Si alzò e cercò di mediare tra i due gruppi. «Amici,» disse con voce calma e decisa «questo non è il modo per risolvere la questione. Siamo qui per divertirci, non per litigare. Lasciamo perdere e torniamo alle nostre bevande.»

Ma la sua mediazione non fu ascoltata. Un uomo dal viso scavato e occhi infuocati, in preda all'ira, estrasse un coltello. Francesco, sorpreso, cercò di disarmarlo. La situazione precipitò. Durante la colluttazione, il coltello si conficcò nel petto del giovane, nel cuore.

In quel preciso istante la porta della locanda si aprì con forza ed Elisabeth entrò. Il tempo sembrò fermarsi, il rumore delle risate e dei piatti si spense, un silenzio assordante invase la stanza. Elisabeth, con il cuore in gola, si precipitò verso Francesco, ormai steso a terra con gli occhi vitrei.

Lorenzo, sconvolto e in lacrime, cercò di trattenere Elisabeth. «No!» esclamò. «Non avvicinarti!»

Ma Elisabeth non sentiva, la mente completamente assorbita dalla figura inerme di Francesco. Si inginocchiò accanto a lui, prendendo con delicatezza la sua testa tra le mani. «Francesco...» sussurrò con voce tremante.

Le lacrime scorrevano sul suo volto, mentre la disperazione cresceva dentro di lei. «Perché? Perché?» ripeteva, guardando il volto pallido del suo amato.

«Elisabeth, ti amo... prenditi cura di te» mormorò Francesco con l'ultimo filo di voce.

«Non lasciarmi, Francesco!» rispose Elisabeth in preda alla disperazione. «Non puoi andartene così! Ti prego, resta con me!»

La locanda era in subbuglio. Gli uomini che avevano partecipato alla rissa cercavano di scappare, mentre altri cercavano di aiutare. Ma nulla avrebbe potuto cambiare il corso degli eventi. Francesco aveva perso troppo sangue e il suo cuore stava cedendo.

Elisabeth portò alla bocca le mani macchiate del sangue di Francesco per farlo vivere dentro di sé, poi alzò lo sguardo verso il cielo, cercando una risposta. La sua disperazione era palpabile, come un'onda che travolge tutto ciò che incontra. Stringendo forte il corpo di Francesco, lanciò un grido lacerante che risuonò per tutta Grottole, come un'eco senza fine.

Quella sera, Grottole perse uno dei suoi figli migliori. Francesco, l'uomo dal cuore grande e gentile, aveva sacrificato la sua vita per cercare di riportare la pace nella locanda. Elisabeth aveva assistito alla perdita dell'uomo che amava, e quel dolore si sarebbe impresso per sempre nella sua anima.

Il destino aveva infranto il loro sogno d'amore, gettando un'ombra oscura su quella notte. Nella mente di Elisabeth, la disperazione si mescolava con la rabbia e il dolore. Cosa avrebbe fatto ora, senza l'uomo che le aveva dato una ragione per vivere?

La notte era caduta su Grottole, portando con sé il peso della tragedia che avrebbe segnato per sempre il destino di Elisabeth.

La rabbia e la disperazione invasero l'anima di Elisabeth travolgendola completamente. Le forze oscure, che fino a quel momento avevano giaciuto silenziose in lei, si risvegliarono con una fame incontenibile. La sua trasformazione iniziò in modo lento, inesorabile.

I suoi muscoli si ingrossarono e si irrigidirono, conferendole una forza sovrumana. Ogni parte del suo corpo sembrava pronta a scatenarsi in una danza mortale. I suoi canini crebbero, divenendo affilati come lame, pronti a perforare la carne. La sua pelle divenne pallida, quasi eterea, mentre gli occhi acquistarono una lucentezza e si tinsero di rosso.

Elisabeth aveva attraversato la linea sottile tra umanità e mostruosità. Era diventata un vampiro, una creatura della notte assetata di sangue. La sua sete di vendetta, unita al potere oscuro che ora correva nelle sue vene, la trasformò in una forza imprevedibile.

Nonostante la metamorfosi, una parte di Elisabeth restava umana. Nel suo cuore spezzato, il ricordo di Francesco continuava a bruciare vivo. Aveva perso l'amore della sua vita e, nel processo, aveva perso se stessa.

Ora doveva affrontare una nuova realtà, in cui la sua sete di sangue doveva essere domata, altrimenti sarebbe diventata la stessa mostruosità che aveva cercato di combattere.

Il suo destino era cambiato in modo irreversibile. Adesso avrebbe dovuto trovare l'equilibrio tra la sua umanità perduta e la sua natura di vampiro. Gli eventi che avevano portato alla sua trasformazione, inaspettati e terribili, avrebbero plasmato il suo destino in modi che nessuno avrebbe potuto immaginare.

Elisabeth si svegliò dopo il tramonto, come era solita fare. Tuttavia, qualcosa era profondamente diverso. Sentiva un vuoto nel petto, una fame insaziabile che non aveva mai provato prima. La sua mente era annebbiata da una confusione debilitante. Cosa le era successo?

Poi, mentre i ricordi affioravano lentamente, un senso di orrore la investì. Aveva perso Francesco, il suo amore, in modo brutale e tragico. Aveva cercato di placare la rissa, ma tutto era sfuggito al suo controllo. E ora... ora era diversa.

Scorse il suo riflesso in uno specchio, e ciò che vide la fece sobbalzare indietro con un urlo soffocato. La sua pelle era pallida, quasi traslucida, e i suoi occhi... i suoi occhi rossi brillavano di una luce sinistra, priva di umanità. Si toccò il volto, cercando di convincersi che fosse solo un incubo, ma la freddezza della sua pelle e il battito inesistente del suo cuore la fecero sprofondare nella realtà più oscura.

La sete di sangue che la tormentava era irresistibile, un'ossessione che la spingeva oltre i confini dell'umanità. Non riusciva a resistere a quell'impulso, era come se il suo stesso corpo le stesse chiedendo di cedere. Si vestì rapidamente e uscì di casa, cercando il responsabile della morte di Francesco, la figura oscura che aveva causato la sua rovina.

Gli abitanti del villaggio non avevano idea di cosa stava accadendo, ma potevano percepire un cambiamento nell'aria. La paura si era diffusa come un'ombra, un'ansia avvolgeva il paese. Ogni notte, quando il sole si nascondeva dietro l'orizzonte, la gente chiudeva le porte a chiave e pregava affinché la creatura non bussasse alle loro porte.

Elisabeth, guidata dalla sua sete di vendetta, inseguiva il responsabile della morte di Francesco. Quando finalmente lo trovò, la sua rabbia fu incontenibile.

Lo affrontò con una ferocia che nessuno avrebbe potuto immaginare, e il suo desiderio di vendetta si riversò su di lui in un turbine di violenza.

Il sangue sgorgò, caldo e invitante, e per un attimo Elisabeth dimenticò tutto il dolore e la sofferenza che aveva provato.

Ma quando l'alba incominciò a tingere il cielo di rosa, l'orrore di ciò che aveva fatto la investì con una forza devastante. Era diventata una creatura della notte, un vampiro assetato di sangue, e non c'era possibilità di tornare indietro.

Da quella notte in poi, Grottole visse nella paura.

CAPITOLO SEDICI

Elisabeth guardò Lucinda con un misto di tristezza e rabbia. «Francesco era il mio amore. Un uomo straordinario che ho conosciuto qui, a Grottole. Ci siamo innamorati perdutamente, ma è stato ucciso. La notte seguente, sono diventata ciò che sono ora.»

«Comprendo il tuo dolore, Elisabeth» disse Lucinda con una sincera empatia. «Ma questo non giustifica il male che stai causando. Possiamo trovare un modo per aiutarti, per liberarti da questa maledizione.»

Elisabeth scosse il capo con tristezza. «È troppo tardi per me. Non c'è redenzione per ciò che sono diventata.»

«Non lo accetto» dichiarò Lucinda, determinata a cercare una soluzione. «Non permetterò che tu continui a seminare terrore qui. Se non possiamo curarti, allora dobbiamo fermarti.»

La notte era avvolta nell'oscurità, solo il pallido chiarore della luna piena illuminava la scena. Elisabeth si preparava a fronteggiare i nemici umani, i tre che avevano giurato di fermarla, anche a costo di combattere fino alla fine delle loro vite. Lucinda, con il talismano dell'ambra tra le mani, emanava un'aura potente.

«Elisabeth, non vogliamo ucciderti, ma dobbiamo fermarti. Non possiamo permettere che il terrore continui in questo paese.»

Elisabeth fissò Lucinda con occhi che brillavano di rosso.

«Non capisci, Lucinda. Non c'è via d'uscita per me. Sono condannata a questa esistenza.»

La battaglia riprese senza esclusioni di colpi. Con un movimento scattante, la lama della spada di Alessandro brillò nell'aria mentre cercava di colpire Elisabeth. Ma lei si dimostrò più veloce di quanto avesse mai immaginato, schivando l'attacco. Lucinda, nel frattempo, pronunciava incantesimi di protezione, cercando di respingere Elisabeth con la potenza dell'ambra. Ma la creatura era più forte, resistendo all'energia positiva della pietra. Elisabeth stava cercando di capire come distruggere la barriera che avvolgeva la chiesa diruta, così da essere più libera di muoversi e contrattaccare. Si accorse che i frati erano gli artefici della barriera e si avvicinò con un balzo dietro uno di loro.

«Hai paura?» Con un colpo gli spezzò il collo.

Il frate cadde sul pavimento senza vita. Subito, alcuni soldati attaccarono Elisabeth per farla allontanare dai religiosi.

La battaglia proseguì con ferocia, un vortice di colpi, schivate e incantesimi. Elisabeth era una macchina da guerra, una forza inarrestabile, nessuno aveva l'intenzione di arrendersi.

Il vampiro aveva necessità di nutrirsi per continuare la battaglia. Si spostò dietro a un soldato, lo afferrò da sotto le braccia e con un salto arrivò in cima alla cupola della chiesa. Con il movimento delle mani aprì un varco verso il collo e con un gesto rapido affondò i suoi canini per nutrirsi. Fu feroce, le urla del soldato risuonarono in tutto il villaggio.

Appena finì, lasciò cadere il soldato per tutta l'altezza della chiesa. Elisabeth scese con un salto.

«Siamo arrivati alla resa dei conti.»

Lucinda dopo questa scena si fece coraggio e pronunciò un incantesimo antico, invocando la luce dell'ambra. L'energia positiva la avvolse, creando una barriera luminosa intorno a lei. Avanzò verso Elisabeth, che cercò di resistere, ma la potenza dell'ambra era schiacciante. Alessandro continuò a sferrare colpi sempre più precisi, cercando di indebolire la donna. Gregorio studiava ogni sua mossa, cercando disperatamente una via d'uscita da quella terribile situazione.

La lotta continuò, sembrava infinita. Elisabeth andò al centro della chiesa. Alessandro avanzò insieme ai soldati, la circondarono.

«Sei circondata!»

«Non ho paura di voi, morirete tutti.»

All'improvviso, Lucinda riuscì a lanciare un forte raggio di energia dal talismano e colpì Elisabeth. Il suo corpo, tormentato dalla luce dell'ambra, iniziò a risplendere di un pallido bagliore. Si accasciò sul pavimento. Per un attimo aveva perso i sensi. Era un momento di svolta, questa era l'occasione che aspettavano.

Lucinda si avvicinò con cautela. «Elisabeth, possiamo aiutarti a trovare la pace. Non devi più fare del male.»

La battaglia raggiunse il suo culmine. Mentre Elisabeth si alzava, Lucinda dirigeva il talismano dell'ambra verso la luna piena. I raggi lunari riflessi sulla superficie scintillante del talismano crearono un'energia potente, una luce che sembrava tagliare l'oscurità che avvolgeva Elisabeth. Il potere dell'incantesimo si concentrò nel cuore della creatura, colpendola con una forza devastante.

Elisabeth emise un urlo rauco, mentre cadeva a terra, priva di forze. Gregorio e Alessandro, cautamente, si avvicinarono al corpo inerte, incerti su come procedere. Nessuno aveva il coraggio di decapitarla o di infilzarle un paletto nel cuore. Avevano bisogno di un'altra soluzione per assicurarsi che Elisabeth sarebbe rimasta imprigionata.

Elisabeth, ferita, si ritirò cercando di riguadagnare le forze. Ma Lucinda, Gregorio, Alessandro e i religiosi sapevano che non potevano abbassare la guardia. La battaglia non era ancora finita, il destino di Grottole era ancora appeso a un filo.

«Dobbiamo finirla, una volta per tutte» disse Lucinda.

Fu allora che decisero di incatenarla. I religiosi formarono un cerchio intorno a Elisabeth, prendendosi per mano. La loro unione rappresentava una barriera spirituale, un legame che avrebbe impedito alla creatura di fuggire.

Lucinda, con trepidazione si avvicinò alla donna. Prese una siringa contenente un intruglio preparato dalla masciara di Salandra con gli ingredienti raccolti nel bosco, e iniettò il liquido nel cuore di Elisabeth. Il suo viso, pieno di odio e malvagità, si contorse in una smorfia di dolore. Era ancora incapace di muoversi.

Gregorio e Alessandro si affrettarono a prenderla e chiuderla nella bara. Inserirono amuleti benedetti, crocifissi e bottiglie d'acqua santa, cercando di aumentare la forza che la teneva prigioniera. Lucinda rimase a fissare Elisabeth, incantata dalla sua bellezza. Rifletteva sul passato della giovane e sul suo crudele destino.

«Mi dispiace, Elisabeth.»

Gregorio prese per mano Lucinda e l'allontanò, così da permettere ad Alessandro di chiudere la bara e collocarla nella cripta sotterranea.

Fu gettato sulla tomba terreno benedetto, mentre i religiosi intonavano preghiere di protezione. Il peso dell'intera comunità di Grottole sembrò posarsi sulla cripta, chiudendo Elisabeth per sempre. Fu un momento solenne, un momento di trionfo e speranza per i guerrieri e i religiosi, che avevano combattuto coraggiosamente contro il male.

Finalmente, il silenzio calò sulla chiesa diruta. Il rumore delle pale di terra cadente si affievolì, lasciando spazio a un senso di pace e di vittoria. Lucinda, Gregorio e Alessandro si guardarono negli occhi, soddisfatti del loro lavoro. Avevano sconfitto la creatura delle tenebre, avevano protetto Grottole dal suo terrore.

Ora, la cripta custodiva il segreto di Elisabeth, imprigionata per sempre tra le mura della chiesa diruta, che una volta avevano ospitato il suo regno di terrore.

Grottole poteva finalmente vivere senza la minaccia costante della donna vestita di nero.

Mentre lasciavano la chiesa diruta dietro di loro, i tre amici si avviarono verso il villaggio, pronti ad affrontare una nuova alba. Avevano difeso il loro amato paese. Il coraggio e la determinazione, che li avevano guidati durante questa avventura rimanevano intatti, pronti a fronteggiare qualsiasi altra nuova minaccia.

Grottole, finalmente, poteva tornare a vivere in pace, con la luce che illuminava il cammino dei suoi abitanti. Elisabeth sarebbe diventata un ricordo lontano, un'ombra del passato che aveva osato sfidare la forza di volontà e la fermezza di coloro che amavano la loro terra.

Mentre il sole si alzava nel cielo, i tre guerrieri si unirono alla festa. Gli abitanti di Grottole avrebbero raccontato storie di coraggio e di speranza alle generazioni a venire, ricordando sempre l'epica battaglia che aveva segnato la loro storia.

Capitolo diciassette

Elisabeth non c'era più e un senso di sollievo si diffuse per la cittadina. Il popolo, liberato dalla minaccia che aveva per tanto tempo gettato un'ombra sulla vita quotidiana, tornò finalmente a riempire le strade. Le case aperte, le facciate decorate a festa, l'atmosfera permeata da una gioia contagiosa.

Lucinda camminava per le vie di Grottole, sorridendo ai volti noti che incrociava. I bambini, con gli occhi pieni di meraviglia e curiosità, si avvicinavano a lei, chiedendo racconti e dettagli sulle sue avventure. Con gentilezza e un sorriso, Lucinda rispondeva alle loro domande, trasmettendo loro il coraggio che aveva dimostrato durante la lotta contro Elisabeth.

Gregorio, tornato alla sua attività di studioso, si immerse nel suo lavoro con rinnovato vigore. La sua mente era piena di nuove scoperte e riflessioni, alimentate dall'esperienza vissuta. Si sentiva arricchito da quello che aveva imparato durante la ricerca sia del talismano dell'ambra che degli ingredienti per l'incantesimo.

La sua passione per la conoscenza era ancora più forte, spingendolo a esplorare nuovi ambiti e a condividere le sue scoperte con il mondo.

Ad Alessandro, decorato per il coraggio e la dedizione durante la battaglia, fu affidato un battaglione da addestrare. Era determinato a trasmettere ai suoi uomini i valori di coraggio e disciplina appresi dall'esperienza vissuta. Organizzava addestramenti intensivi, spingendo i suoi uomini al limite e ispirando con il suo esempio di comandante.

I frati cappuccini ritornarono al loro convento, avevano parecchio lavoro da fare nei campi e diversi libri da trascrivere. I frati domenicani tornarono al convento, passando prima dalla chiesa Madre per pregare e fare rapporto al loro superiore.

La *masciara* di Salandra fece ritorno al suo paese, e continuò a dedicarsi alle persone bisognose.

La vita a Grottole ritornò alla normalità. I commercianti riaprirono le loro botteghe, i contadini si dedicarono ai campi e le attività della comunità ripresero il loro corso. La piazza del villaggio si animò di mercati e bancarelle, e le risate e il chiacchiericcio riempirono l'aria.

Una sera, i tre si riunirono al tavolo di un'accogliente locanda, circondati da amici e familiari. Si scambiarono sorrisi compiaciuti e brindarono al coraggio e alla determinazione che avevano dimostrato insieme. Le loro storie si intrecciavano con i ricordi delle sfide affrontate e delle vittorie conquistate.

«Non avremmo potuto farcela senza l'aiuto reciproco» disse Lucinda, guardando gli occhi brillanti dei suoi compagni. «Siamo stati una squadra incredibile, e insieme abbiamo sconfitto il male che minacciava Grottole.»

Gregorio alzò il bicchiere. «Siamo stati testimoni di eventi straordinari, il nostro legame è indissolubile. Sono grato di aver camminato al vostro fianco durante questa avventura.»

Alessandro, con espressione seria e occhi pieni di gratitudine, disse: «Siete la mia famiglia, i miei fratelli d'armi. Non dimenticherò mai quello che abbiamo vissuto insieme».

Mentre il tempo passava, Grottole tornò a splendere della sua bellezza e serenità. Le ferite della battaglia si rimarginarono, il ricordo di Elisabeth svanì a poco a poco, sostituito dai racconti di coraggio e speranza che circolavano tra gli abitanti del paese.

Le gesta di Lucinda, Gregorio e Alessandro sarebbero rimaste per sempre nella storia del villaggio. Avevano difeso la loro terra, salvato vite e riportato la luce nella chiesa diruta.

E così, tra sorrisi, abbracci e racconti, la notte si dissolse nel crepuscolo, lasciando spazio a un nuovo giorno. Grottole, grazie all'unione e al coraggio dei suoi abitanti, poteva finalmente guardare al futuro con speranza e rinnovata fiducia.

Dopo anni di abbandono e di paura, anche la chiesa diruta, insieme al villaggio, si risvegliava dall'oscurità.

Le pareti maestose, solide e imponenti, si stagliavano contro il cielo azzurro, bagnate dai raggi del sole, che disegnavano linee di luce lungo i loro contorni. La cupola, crollata nel corso degli anni, aveva lasciato solo la sua base ellittica, come un segno tangibile del tempo che era trascorso. L'assenza del solaio faceva sì che i raggi del sole potessero penetrare all'interno, creando un'atmosfera unica e suggestiva. Ogni pietra raccontava una storia, ogni crepa testimoniava una battaglia, eppure la chiesa resisteva, pronta ad accogliere nuovi fedeli e visitatori.

I visitatori si avvicinavano con un po' di agitazione e meraviglia. Attraversando le porte che avevano resistito al tempo, si immergevano in un mondo sospeso, in cui passato e presente si fondevano. Il silenzio avvolgeva i loro passi, interrotto solo dai sussurri delle loro preghiere e dei loro pensieri.

Gli occhi si alzavano verso l'alto, scrutando il cielo attraverso il vuoto lasciato dalla cupola. Quello che un tempo doveva essere il campanile, adesso era solo una costruzione incompiuta con lo stemma del sole della famiglia De Balzo, simbolo delle sfide e delle difficoltà affrontate dalla chiesa nel corso degli anni.

Era un luogo di preghiera e di riflessione, dove i fedeli potevano trovare conforto e speranza. Le panche di legno consumate dagli anni, invitavano alla meditazione, mentre l'odore dell'incenso fluttuava nell'aria, creando un'atmosfera di sacralità e devozione.

Gli abitanti di Grottole, finalmente liberi dalle ombre del passato, affluivano alla chiesa. Ogni passo dentro quelle mura era un tributo alla resilienza e alla forza della comunità, un segno tangibile della sua fede e del suo impegno.

E così, giorno dopo giorno, la chiesa diruta di Grottole riacquistava la dignità e il suo ruolo nel cuore dei suoi abitanti. Ogni visita, ogni preghiera, era un atto di amore e di riconoscimento per la sua importanza nella storia e nell'identità del villaggio.

E mentre il sole si allontanava all'orizzonte, i visitatori si allontanavano dalla chiesa diruta portando con loro un senso di pace e di speranza. Grottole aveva ritrovato la sua ultima luce, e quel chiarore avrebbe continuato a brillare, illuminando il cammino dei suoi abitanti nel corso dei secoli.

Oggi, Grottole si erge come il testimone silenzioso delle epoche storiche che hanno segnato il suo passato. Ogni angolo del paese conserva le tracce delle epoche passate, dalle strade lastricate dai romani, alle antiche dimore dei nobili signori feudali. Ma tra tutti i monumenti, la chiesa diruta occupa un posto speciale nella storia e nell'immaginario collettivo.

La chiesa diruta, con la sua maestosa architettura, rappresenta una testimonianza tangibile del passato glorioso di Grottole. I visitatori, incuriositi dalla sua bellezza, si aggirano tra le sue pareti di pietra. Luogo di contemplazione e ammirazione artistica, è avvolto da leggende e storie che si tramandano di generazione in generazione.

La leggenda della donna vestita di nero è la più memorabile, è quella maggiormente ricordata.

Un gruppo di persone volle visitare la chiesa diruta. Mentre ascoltavano la guida un vento improvviso si alzò e il cielo si oscurò, come se qualcosa di sinistro fosse tornato ad agitarsi tra quelle mura sacre. Le persone sussurravano che fosse l'influenza della donna vestita di nero.

Le voci si diffusero rapidamente, alimentando la curiosità e l'ansia tra i visitatori. Alcuni sostenevano di aver sentito strane risate provenire dall'interno della chiesa, affermavano di aver visto ombre inquietanti muoversi tra gli archi. Era un'allucinazione collettiva? O c'era davvero qualcosa di soprannaturale che si nascondeva dietro le mura della chiesa diruta?

La verità rimane avvolta nel mistero. Alcuni scettici attribuiscono i fenomeni anomali a coincidenze e suggestioni, mentre altri sono convinti che il potere oscuro della donna vestita di nero si sia risvegliato, pronto a reclamare la sua vendetta.

Ringraziamenti

Il primo grazie va sicuramente a tutte le persone che hanno preordinato il mio libro sul sito di bookabook e che stanno aspettando tutto il tempo necessario per la pubblicazione.

Grazie alla mia famiglia: Antonia, Michele e Nicola.

Un grande grazie ad Antonella Grieco per avermi convinto a scrivere il libro e per aver sopportato tutti i miei sbalzi di umore mentre ero intento a perdermi nella fantasia durante la stesura del testo.

Un grazie particolare per la pazienza a Valentina, Emanuele e sua moglie Concetta.

Ai miei cari amici Rocco, Eleonora, Gianna, Francesco, Andrea, Isa, Paolo, Mariarosaria, Damiano.

Grazie alla casa editrice bookabook per avermi dato la possibilità di portare alla luce questo racconto ambientato a Grottole. In particolare, a Veronica e Alice per la campagna di crowdfunding e ad Angelica per l'editing.

Cari lettori e lettrici, spero di potervi ringraziare ancora, con un altro romanzo. Potete seguirmi sui social Facebook (Saverio IOSCA) e Instagram (saverioiosca - madeingrottole).

Finito di stampare
nel mese di settembre 2024
presso Rotomail Italia S.p.A. – Vignate (MI)